Deseo™

Embarazada de un magnate

SANDRA HYATT

HARLEQUIN™

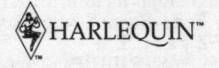

Editado por HARLEQUIN IBÉRICA, S.A.
Núñez de Balboa, 56
28001 Madrid

© 2010 Sandra Hyde. Todos los derechos reservados.
EMBARAZADA DE UN MAGNATE, N.º 1725 - 9.6.10
Título original: The Magnate's Pregnancy Proposal
Publicada originalmente por Silhouette® Books.

Todos los derechos están reservados incluidos los de reproducción, total o parcial. Esta edición ha sido publicada con permiso de Harlequin Enterprises II BV.
Todos los personajes de este libro son ficticios. Cualquier parecido con alguna persona, viva o muerta, es pura coincidencia.
® Harlequin, Harlequin Deseo y logotipo Harlequin son marcas registradas por Harlequin Books S.A.
® y ™ son marcas registradas por Harlequin Enterprises Limited y sus filiales, utilizadas con licencia. Las marcas que lleven ® están registradas en la Oficina Española de Patentes y Marcas y en otros países.

I.S.B.N.: 978-84-671-7982-8
Depósito legal: B-16589-2010
Editor responsable: Luis Pugni
Preimpresión y fotomecánica: M.T. Color & Diseño, S.L.
C/ Colquide, 6 portal 2 - 3º H. 28230 Las Rozas (Madrid)
Impresión y encuadernación: LITOGRAFÍA ROSÉS, S.A.
C/ Energía, 11. 08850 Gavá (Barcelona)
Fecha impresion para Argentina: 6.12.10
Distribuidor exclusivo para España: LOGISTA
Distribuidor para México: CODIPLYRSA
Distribuidores para Argentina: interior, BERTRAN, S.A.C. Vélez Sársfield, 1950. Cap. Fed./ Buenos Aires y Gran Buenos Aires, VACCARO SÁNCHEZ y Cía, S.A.
Distribuidor para Chile: DISTRIBUIDORA ALFA, S.A.

Capítulo Uno

La puerta de la sala de juntas de Masters' Development Corporation se abrió bruscamente. Desde su posición en la cabecera de la mesa Gabe clavó la mirada en *ella*. Sus ojos azules lo miraban fijamente, y la sacudida de verla se extendió a cada célula de su cuerpo. Sólo la práctica de numerosos años ante aquella misma mesa manteniendo un rostro impasible durante arduas negociaciones, le permitió ocultar su indignación. ¿Cómo se atrevía…?

Julia, su secretaria personal, apareció jadeante junto a ella. Chastity Stevens, con su inmaculado cabello rubio, vestida con un traje de chaqueta negro que abrazaba su figura como si siguiera de luto, conseguía que su elegante secretaria pareciera una chica desaliñada. Sus perfectos labios estaban coloreados de rojo brillante, el mismo color que sus altísimos tacones y su pequeño bolso de mano. La única indicación de tensión en su ademán era que tenía los nudillos blancos por la fuerza con la que apretaba el bolso.

–Lo siento –dijo Julia desolada–. No he podido detenerla –intentó tomar el brazo de Chastity, pero ésta dio un paso a un lado y Julia se quedó con la mano en el aire.

—Tranquila, Julia. Ya me ocupo yo —Gabe hizo una señal a su secretaria para que se fuera.

El resto de las miradas de los hombres estaban fijos en Chastity, anotando su piel de porcelana, sus ojos de muñeca enmarcados por largas pestañas y las seductoras curvas que su ceñido traje acentuaban. Unas curvas que él sabía muy bien cuánto habían costado. ¿No había pagado su hermano Tom por ellas?

Hasta su muerte.

Poniéndose en pie, Gabe se esforzó por hablar pausadamente.

—Me temo que no es un buen momento, señora Stevens —dijo, poniendo énfasis en el apellido. Se alegraba de que nunca hubiera adoptado el apellido de su hermano Tom—. Julia buscará fecha y hora para una cita.

—No actúes como si no supieras que llevo semanas intentando verte.

—He estado muy ocupado —Gabe intercambió una mirada cómplice con sus compañeros de mesa, que dejaron escapar un murmullo ahogado. Llevaban días trabajando largas horas para alcanzar un acuerdo de compra.

Ésa había sido una de sus razones. La otra, no tener el menor interés en encontrarse con la cazafortunas que se había apropiado de parte del dinero de su familia.

—Discúlpenme unos minutos, caballeros —Gabe se puso en pie y fue hacia ella—. Si te marchas ahora —dijo en tono suave pero amenazador—, te prometo que Julia te dará una cita —mantuvo la puerta abierta con una mano mientras con la otra le indicaba que saliera.

No podía permitirse una escena. Lo que tenía entre manos era un negocio multimillonario que en parte dependía de su reputación. Ya había sido bastante difícil convocar a aquellos hombres en enero, un mes de verano tradicionalmente inactivo en Nueva Zelanda. Tenía que firmar aquel negocio ese mismo día y no podía permitir que Chastity lo pusiera en riesgo.

Ella palideció y por su rostro se sucedieron una serie de emociones que Gabe no supo interpretar, aunque la principal, por más que le resultara incomprensible dado que era ella quien había irrumpido en su vida, fue la ansiedad.

Finalmente, Chastity dio media vuelta y salió. Él indicó con un gesto de cabeza a Marco, su mano derecha, que continuara con la reunión, y salió tras ella.

—¿Cómo quieres que confíe en ti? —dijo ella en cuanto se cerró la puerta.

—No me hagas perder el tiempo. Te he pedido que te vayas, pero no sólo de la sala, sino del edificio —Chastity fue a protestar, pero Gabe continuó—: Si no lo haces, te aseguro que no conseguirás una cita para pedirme lo que sea que necesitas de mí.

Vio que ella se tensaba y que se le dilataban las aletas de la nariz. Sus ojos adquirieron un brillo metálico de determinación.

—Si no me ves en este mismo momento, te aseguro que no verás jamás al hijo que llevo en mis entrañas, y que es sangre de tu sangre.

Gabe se limitó a mirarla sin saber qué decir.

–Ve a mi despacho –dijo entre dientes–. La tercera puerta a la izquierda –añadió.

Las indicaciones eran innecesarias dado que Chastity había trabajado en aquel edificio hasta hacía dos años, primero para él, por un breve periodo de tiempo, y luego para Tom. Hasta que decidió que convertirse en la esposa de éste era mucho más lucrativo que ser su secretaria.

Cada vez más pálida, Chastity se detuvo ante la puerta del despacho, pero en lugar de entrar, miró angustiada a su alrededor, fue precipitadamente hacia la recepción y echó a correr. Gabe la vio entrar en el servicio de mujeres tapándose la boca con la mano.

La esperó ante la puerta de su despacho, furioso. Unos minutos más tarde, ella apareció, todavía pálida, pero con gesto altivo. Chastity sabía que no debía esperar ninguna compasión de él, y entró en su despacho sin dirigirle la mirada. La única vez que Gabe se había puesto en contacto con ella había sido para pedirle que no interfiriera entre Tom y su familia, a lo que ella le había respondido que no podía hacer nada al respecto.

Gabe cerró la puerta, apoyó la espalda en ella y esperó.

Pero una vez conseguida su atención, Chastity parecía indecisa. Se sentó con las piernas juntas en una de las butacas de cuero giratorias que había delante del escritorio, abrió la boca como para hablar, pero la cerró, y miró por la ventana. Gabe siguió su mirada. El cielo de Auckland estaba despejado, pero en la distancia se arremolinaban unas nubes grises que anunciaban una tormenta que tal vez refrescaría la asfixiante atmósfera que oprimía la ciudad.

Gabe miró de nuevo a Chastity. Tenía la frente perlada de sudor y apretaba los brazos de la butaca con fuerza. Dejando escapar un suspiro fue hasta el mueble bar y llenó un vaso con agua, que le ofreció. Tras una vacilación inicial, ella lo tomó en silencio. Gabe volvió junto a la puerta y se cruzó de brazos.

Chastity quería hablar, pero se lo impedían las náuseas. «Por favor, delante de él, no». Creía que no le importaba lo que pensara, pero se había equivocado. No podía soportar la idea de sentirse humillada ante él.

La familia Masters, y Gabe en particular, iba a tomarse mal la noticia. Todos ellos pensaban que la relación con ella había concluido. También ella había confiado en que fuera así.

Llevaba un mes dando vueltas a cómo hacérselo saber, pero la frustración inicial de no conseguir dar con Gabe se había transformado en rabia. La bastante como para haber irrumpido en su sala de juntas para cumplir con la promesa que había hecho a Tom.

Desafortunadamente, la fuerza que le había proporcionado la ira se había diluido con su última visita al cuarto de baño. Bebió un sorbo de agua y dejó el vaso sobre el escritorio.

La noche anterior había ensayado ante el espejo lo que pensaba decir. Breve, escueta y fría, como el hombre que tenía ante sí. Pero en ese momento estaba delante de él y no encontraba las palabras.

–¿Qué quieres? Tengo prisa.

Quizá no se trataba tanto de frialdad como de que la despreciaba. Chastity se obligó a hablar.

–Si hubieras atendido a mis llamadas no habría tenido que hacer esto. Sólo intento cumplir con mi deber.

Por fin se decidió a mirar a Gabe a la cara. Sus ojos eran casi idénticos a los de Tom, pero su expresión no podía ser más distinta.

–Aunque me encantaría que fuera verdad, me cuesta creerte.

Chastity no podía culpar exclusivamente a Gabe de su escepticismo. Tom la había usado de excusa para cortar la relación con su familia. Y aunque inicialmente ella no lo había sabido, cuando lo descubrió no protestó. Había preferido dar a Tom el espacio que necesitaba, y de paso, disfrutar de una distancia que les había dado oxígeno.

Observó a Gabe, el chico exitoso de la familia Masters. No tenía más que darle la noticia y marcharse.

–Estoy embarazada –dijo en un susurro.

Antes de que pudiera dar las explicaciones pertinentes, Gabe deslizó la mirada hacia su apenas redondeado vientre, que quedaba oculto por la chaqueta. Luego la miró a los ojos.

–Eso sí me lo creo.

Y con esas palabras logró que Chastity volviera a enfurecerse. Su hermano llevaba tres meses muerto y Gabe insinuaba que se había acostado con otro hombre. Irreflexivamente, Chastity se incorporó y echó el brazo hacia atrás. Su cruel insinuación había hecho brotar la humillación que creía enterrada hacía años.

Gabe se puso en guardia para detener el golpe. Pero cuando sus miradas se cruzaron, Chastity se dominó, bajó el brazo y se sentó.

No pensaba darle la satisfacción de echarla del edificio y demandarla por asalto. No podía permitirse el lujo de borrar aquella expresión de superioridad de su rostro.

Durante varios segundos, el aire se electrizó.

–¿Cómo demonios piensas hacer creer a la gente que tu hijo tiene algo que ver conmigo o con mi familia? –Gabe hizo una crispada pausa. Parecía una pantera a punto de saltar sobre su presa–. Tom era estéril.

Chastity se puso en pie. No tenía por qué soportar aquello. Había cumplido su promesa. Que Gabe no la creyera, no era su problema.

–Apártate, por favor. Quiero irme –se encaminó hacia la puerta, pero él permaneció inmóvil, observándola con desdén.

Cuando la tuvo delante, sacudió la cabeza.

–No creía que pudieras caer más bajo de lo que ya habías caído. Está claro que te había infravalorado –abrió la puerta de par en par.

Chastity se clavó las uñas en las palmas de las manos. No se arrepentía de las decisiones que había tomado en la vida. Gabe no tenía derecho a juzgarla. Salió y, con la mirada fija en los ascensores, pasó a la recepcionista de largo. No se dio cuenta de que Gabe la seguía hasta que notó su presencia mientras esperaba al ascensor. Al volverse, vio que estaba plantado con las piernas abiertas y de brazos cruzados, como el portero de una discoteca. Quería asegurarse de que dejaba el edificio. Chastity entró en el ascensor y se giró para mirarlo. Tom solía referirse a él como «El hombre de granito», y en aquel momento, no era difícil comprender por qué. Pero, aun a su pesar, Chastity también recordó que siempre se había portado bien con ella mientras fue su empleada.

Había algo más que no debía olvidar. Su promesa a Tom constaba de dos partes y sólo había cumplido la primera. Tenía que explicar a Gabe cómo había sido concebido el bebé. Si no se lo decía entonces, tendría que volver a verlo. Cuando las puertas empezaron a cerrarse, Gabe dio media vuelta. Chastity tomó aire y puso la mano para evitar que se cerraran. Gabe se giró al instante.

–Qué...
–Las cosas no son siempre lo que aparentan, Gabe, ni el mundo responde siempre a tus rígidas normas –Chastity le sostuvo la mirada. La tensión podía palparse–. Antes de morir Tom, probamos la fecundación in vitro. Usamos el esperma que Tom había guardado antes del tratamiento por radiación.

Chastity retiró la mano y mientras las puertas se cerraban, tuvo la inmensa satisfacción de dejar a Gabe con la boca abierta.

Capítulo Dos

Chastity salió del ascensor al vestíbulo principal y respiró profundamente mientras intentaba distraerse con la contemplación de la fuente central que tanto había admirado en el pasado.

Aunque debía sentirse aliviada por haber cumplido la promesa hecha a Tom, sólo sentía un profundo abatimiento.

–Explícamelo mejor –la profunda voz a su lado la sobresaltó.

Chastity se volvió y descubrió a Gabe bloqueándole el paso, mirándola con extrema seriedad. Toda esperanza de haberse librado de él se desvaneció. Debía haber supuesto que no se conformaría con tan poco.

–¿No tenías que asistir a una reunión? –preguntó para ganar tiempo.

Una vena palpitó en la sien de Gabe.

–Marco puede ocuparse de todo –Gabe miró la hora y luego a Chastity.

–He dicho todo lo que tenía que decir. A partir de ahora podemos seguir relacionándonos a través de nuestros abogados, tal y como hemos hecho desde la muerte de Tom –Chastity sorteó a Gabe con la mirada fija en las puertas giratorias y la esperanza de alcanzar la libertad de la calle.

Gabe la siguió.

—Quiero que me lo expliques en detalle —dijo Gabe, en un tono tranquilo que no ocultó a Chastity la urgencia y la tensión que irradiaba.

Salieron al húmedo calor exterior. Chastity conocía a Gabe lo suficiente como para saber que si quería algo, no cesaba hasta conseguirlo.

—Hay un banco en el parque de enfrente —dijo él.

Chastity repasó las opciones que se le presentaban. Su coche estaba a una manzana, no tenía por qué obedecer a Gabe y la tarde había sido ya lo bastante traumática; su único deseo era volver a casa, quitarse el traje, bajarse de los tacones y dar un largo paseo por la playa.

—Por favor —dijo Gabe en tono conciliador cuando ella acababa de decidir marcharse.

—Está bien. Cinco minutos —accedió Chastity, sabiendo el esfuerzo que representaba para él pedir algo por favor.

Cuando se sentaron en el banco, Chastity respiró profundamente y reconoció al instante la colonia de Gabe, que conocía desde que habían trabajado juntos, y que en su mente estaba indisolublemente unida a él, a su fortaleza e inflexibilidad.

Chastity se desabrochó los dos primeros botones de la chaqueta y luego apoyó las manos sobre el banco, a ambos lados de su cuerpo.

—Cuando trabajaba para ti y para Tom, solía venir a este banco.

—Lo sé.

Chastity lanzó una mirada a Gabe antes de volverla hacia un grupo de jardineros que trabajaban en un parterre de flores. No debía extrañarle que Gabe lo supiera. Era el tipo de hombre que siempre tenía todo bajo control, al que no se le escapaba ni un detalle.

–Explícame lo de tu embarazo –dijo Gabe, dejando claro que no quería andarse con rodeos.

A Chastity no le importó. Le resultaría más fácil hablar de datos que de emociones. Gabe se había girado hacia ella, con el brazo sobre el respaldo del banco, en un gesto dirigido a mostrar su disposición a mantener una charla amable.

Chastity se cruzó de brazos y observó a los jardineros, cuyas risas les llegaban desde la distancia. Aunque sus vidas no fueran maravillosas, en ese momento Chastity envidió su aparente simplicidad.

–Tom sabía que podía quedarse estéril, así antes de someterse al tratamiento fue a un banco de esperma –habló con la frialdad que necesitaba para no derrumbarse. Tenía que seguir–. ¿No lo sabías?

La enfermedad de Tom se había manifestado años antes de que ella lo conociera, y según le había contado él, cuando todavía mantenía una buena relación con su familia y, en especial, con su hermano.

Gabe asintió. Y esperó.

Con el rabillo del ojo, Chastity vio que apretaba los puños.

–Hace varios meses decidimos intentar tener un hijo.

–¿Hicisteis el tratamiento en la misma clínica?

–Sí. El embarazo se confirmó una semana antes de que Tom sufriera el accidente.

–¿Él llegó a saberlo? –preguntó Gabe en voz baja.

Chastity lo miró. Parecía turbado y fruncía el ceño con expresión pensativa. Luego se puso en pie, dio varios pasos y dejó escapar una maldición. Era la primera vez que Chastity lo veía alterado.

Las ramas de los árboles se movían agitadamente, anunciando la tormenta que se acercaba. Las nubes seguían agolpándose en la distancia, y les llegó el rumor de un prometedor trueno.

Chastity estudió a Gabe de espaldas. Observó la tensión en sus hombros, las manos apretadas en puños, que metió con brusquedad en los bolsillos. Tras lo que pareció una eternidad, se volvió y caminó de nuevo hacia ella. Estaba pálido y sus ojos ardían con una mezcla de rabia y de frustración.

–Por tu culpa, Tom prácticamente cortó toda relación con su familia. ¿Por qué has venido a contarme esto ahora?

–Porque él me pidió que lo hiciera. En cuanto supo que estaba embarazada me hizo prometer que si le pasaba cualquier cosa vendría a contártelo, y el método por el que el bebé había sido concebido –Chastity sólo había accedido porque Tom gozaba finalmente de una estupenda salud. Pero eso no le había evitado una carretera mojada, un brusco frenazo y un poste eléctrico.

–¿Y qué quieres de mí?

–Nada. Espero que todo siga como hasta ahora.

Gabe sacudió la cabeza.

–Eso no va a ser posible.

–¿Por qué no?

–Porque si dices la verdad, llevas en tu seno un Masters, y nosotros cuidamos de los nuestros.

Chastity lo miró de hito en hito, respirando para asegurarse de que los pulmones seguían funcionándole.

–¿Cómo que *si estoy diciendo la verdad?*

Gabe se encogió de hombros con desdén.

–Tienes que admitir que hay otras posibilidades.

Chastity se puso en pie y comenzó a caminar sin saber hacia dónde, con tal de que fuera lejos de Gabe. Sintió su presencia a su lado.

–Déjame en paz.

–Necesito saber la verdad.

–¡Como si fueras a creerme! Tú sólo crees lo que quieres.

Gabe continuó caminando a su lado. Chastity se detuvo bruscamente y se giró hacia él.

–Está bien. La verdad es que jamás fui fiel a Tom y mucho menos a su recuerdo. No tengo ni idea de quién es el padre de mi bebé porque puedo elegir entre media docena. Por eso he intentado convencerte de que era de Tom, porque estoy deseando seguir en contacto con tu familia. Pero como veo que es imposible engañarte, me doy por vencida. Ahora puedes marcharte, y te aseguro que no volverás a oír de mí –los ojos se le llenaron de lágrimas y respiraba con fatiga.

Gabe no se movió. Ella tampoco. Él cerró los ojos una fracción de segundo antes de volver a abrirlos.

–Siento que mis preguntas te hayan molestado.

Que se disculpara era mucho más inesperado que sus insultos. Gabe Masters jamás pedía perdón. Chastity se quedó paralizada.

–Tenemos que hablar –Gabe señaló hacia el banco con la mano–. ¿Prefieres caminar o sentarte? –escrutó el rostro de Chastity con su aguda mirada–. Necesito saber qué piensas y qué quieres.

–Ya te lo he dicho. Sólo quería contarte lo que pasaba porque se lo prometí a Tom. Si tú o tu familia queréis ver al niño de vez en cuando, lo arreglaremos de alguna manera.

–Mis padres no se van a conformar con algunas visitas –tras una pausa, Gabe añadió en voz baja–. Ni yo tampoco.

–¿De verdad? –Chastity no intentó disimular ni su sorpresa ni su escepticismo. La familia de Tom, tal y como éste le había explicado, sólo aceptaban la perfección. Eso era lo que le había distanciado de ellos y lo que había convertido a Gabe, según él, en un trabajador compulsivo. Chastity había asumido que preferirían seguir comportándose como si no existieran ni ella ni su bebé.

–Sí –dijo Gabe con vehemencia. Tras una prolongada pausa, continuó–: ¿Estás en condiciones de criar a tu hijo?

–Si te refieres a mi situación económica, no tengo ningún problema –dijo ella, aunque suponía que se refería a si tenía la personalidad que se requería para educar a todo un Masters.

Gabe se limitó a asentir con la cabeza y Chastity hubiera dado cualquier cosa por leer su pensamiento, pues estaba convencida de que maquinaba algo. Fruncía el ceño como acostumbraba a hacer cuando intentaba resolver un problema. Gabe Masters nunca alcanzaba decisiones precipitadas, sino que se tomaba su tiempo para reflexionar, y Chastity sabía que una vez trazaba un plan, nada le impedía ponerlo en práctica. No era un jugador de equipo, sino un hombre de negocios implacable, y lo bastante inteligente como para rodearse de hombres de su misma valía.

Súbitamente la asaltó un nuevo sofoco acompañado de náuseas. Miró horrorizada a su alrededor, pero estaban lejos de los cuartos de baño.

Unas manos frescas le enmarcaron el rostro.

–Respira –la instruyó Gabe con calma al tiempo que clavaba sus ojos en los de ella. Chastity obedeció, y pronto la náusea y el calor remitieron.

–Ya me encuentro mejor, gracias –Gabe bajó las manos, pero Chastity siguió sintiendo su huella–. Lo llaman náuseas matutinas, pero mi estómago parece estar sincronizado con las mañanas de todos los países del mundo.

–¿Lo has pasado mal? –Gabe sonó como si verdaderamente le importara.

–No demasiado. Me asalta de vez en cuando. Empeora si estoy cansada o bajo estrés –dos circunstancias que se habían dado lo días precedentes ante la idea de ir a ver a Gabe–. Escucha, tengo que irme. Ya hemos hablado lo suficiente.

Gabe miró el reloj.

–Te llevo a casa.

–No –Chastity no quería que supiera nada de ella. Había logrado crearse su propio espacio. Le pertenecía y dejaba a pocas personas entrar en él. Gabe Masters no iba a ser una de ellas.

–Entonces te acompañaré hasta tu coche –insistió él.

–Supongo que no puedo prohibírtelo –dijo ella, encogiéndose de hombros.

Gabe negó con la cabeza.

–Quiero asegurarme de que te encuentras bien.

Caminaron en silencio. Al llegar frente a la puerta de sus oficinas, Gabe compró un Ginger Ale en una máquina de bebidas.

–Es bueno para las náuseas –dijo, dándole la lata.

Chastity dio un trago sin saber cómo reaccionar ante la amabilidad de Gabe. Se detuvo ante su pequeño todoterreno y lo abrió con el mando a distancia. Hasta su coche podía proporcionarle más información de la que habría deseado.

–¿Qué ha sido del Mercedes descapotable?

Chastity alzó la barbilla.

–Lo he cambiado por éste.

Gabe apretó los labios, recuperando su habitual gesto de desdén y arrogancia, como si asumiera que había necesitado el dinero para algo censurable, una adicción al juego o a las drogas.

Chastity se mantuvo impasible por más doloroso que le resultara. Estaba acostumbrada a presentar una fachada de fortaleza ante el mundo.

Gabe le abrió la puerta y la cerró mientras ella se abrochaba el cinturón. Por fin, al saber que estaba a punto de escapar, se sintió algo más relajada. Puso el motor en marcha, y en ese momento Gabe, con gesto de determinación, se apoyó en la ventanilla.

–Las cosas no van a salir como tú crees.

Capítulo Tres

Gabe no se sorprendió cuando el portero le anunció la llegada de la señora Stevens.

Después de despedirse de Chastity, había vuelto a la reunión, que prácticamente había llegado a su fin, como si no hubiera pasado nada. Tomó algunas notas e hizo varios comentarios, pero Chastity seguía ocupando sus pensamientos. Y su hijo.

En cuanto el acuerdo se firmó, se marchó para poder pensar. Fue al gimnasio a nadar y a sudar mientras repasaba las distintas opciones que tenía ante sí, hasta que llegó a una conclusión. A continuación, fue a su apartamento.

Hacía más de una hora que la había llamado. Tenía la certeza de que el mensaje que le había dejado en el contestador daría lugar algún tipo de respuesta, pero no esperaba que fuera tan inmediata. Chastity apenas se había dado tiempo para considerar su oferta y eso que la había llamado lo bastante tarde como para hubiera preferido pensársela durante el fin de semana.

Pero lo que más le sorprendía según se acercaba con su whisky al ascensor para recibirla, era la mezcla de emociones que sentía. No tanto la rabia y la impotencia, a la que estaba acostumbrado, como la expectación que normalmente despertaba en él una reunión importante o la proximidad de un contrato excepcional.

Debía tratarse de la bomba que la explosiva rubia había hecho estallar.

En cuestión de horas, su ordenada vida se había hecho añicos como un puzzle lanzado contra la pared.

Le costaba creer lo que Tom había hecho, que le hubiera engañado. Su relación, que había sido buena durante la juventud, se había crispado durante los últimos años, en parte por la aparición de la mujer que estaba a punto de llegar. Pero si era honesto consigo mismo, tenía que reconocer que había otras razones. Razones que nunca llegaría a averiguar porque Tom los había abandonado. Para siempre.

Además, estaba el hijo que su mujer cobijaba; una complicación que jamás habría sido capaz de prever y que todavía no había llegado a asimilar.

Las puertas del ascensor se abrieron. Chastity abrió los ojos, sorprendida, y tomó aire. Era demasiado expresiva como para disimular sus emociones.

También era excepcionalmente hermosa. La primera vez que la vio fue como recibir un puñetazo en el pecho, y nunca había llegado a controlar esa sensación, a pesar de que a él le gustaban las mujeres con algo más de sustancia bajo el llamativo envoltorio.

—Estás preciosa —sabía que el piropo la irritaría, pero nunca había podido reprimir el impulso de desconcertarla—. No esperaba verte tan pronto.

—Si hubieras dejado tu teléfono junto a tu demencial mensaje, nos habrías ahorrado muchos inconvenientes.

Mantenía una actitud fría y distante. Gabe siempre había intuido que ocultaba algo al mundo exterior, y en ese aspecto, se parecían el uno al otro.

–Ahora mismo te lo doy –dijo con igual frialdad.

–No creo que vaya a necesitarlo –dijo ella con la misma firmeza que había usado en el despacho–. Dime que la *solución* que has propuesto es producto de un exceso de alcohol –concluyó, lanzando una mirada significativa al whisky.

–Me acabo de servir esta copa –dijo él, fijando la mirada en ella para que viera en su mirada la seriedad con la que hablaba–. Yo no bromeo.

–No creerás que lo puedo tomar en serio. Resulta imposible imaginarte con un bebé, así que sugerir que quieres adoptar al *mío*... –Chastity sacudió la cabeza con incredulidad.

Gabe se había planteado ofrecerle dinero por si, a pesar de su negativa inicial, era eso lo que buscaba. Pero la indignación con la que lo miraba le hizo desistir de esa idea. Así que decidió concentrarse en su uso del posesivo.

–No es sólo tuyo. Se necesitan dos para concebir un hijo.

–Y el padre del mío está muerto.

Tom. De haber estado vivo, Gabe lo habría estrangulado por lo que había hecho.

Cuando Chastity vio que no contestaba, se cuadró de hombros y, señalándole el pecho, continuó:

–Puede que creas que por ser un privilegiado Masters, por tener dinero y poder, puedes hacer lo que te dé la gana, que puedes obligarme a hacer lo que quieras –hizo una breve pausa–. Pues estás muy equivocado. Todo el dinero del mundo no puede cambiar que este niño sea exclusivamente mío.

Gabe le tomó la muñeca y le retiró la mano de su pecho. Por una fracción de segundos se quedaron inmóviles, a apenas unos centímetros el uno del otro.

–No es cuestión de dinero ni de poder –dijo él con voz grave.

Chastity giró la muñeca para soltarse.

–¿A qué te refieres? –preguntó, a un tiempo retadora y angustiada.

Gabe se apiadó de ella. Desde ese instante su perspectiva sobre sus circunstancias iba a cambiar radicalmente. Quizá debía haberla preparado de antemano, pero en el fondo, ninguna preparación habría sido suficiente.

–¿Por qué no pasas y te sientas?

–No.

Gabe enarcó una ceja en un gesto que había paralizado a más de un hombre, pero que no tuvo ningún efecto en Chastity.

–No tenemos nada de qué hablar. Sólo he venido porque quería que te quedara claro. A partir de ahora, si quieres comunicarte conmigo, hazlo a través de tu abogado.

Gabe sintió admiración por la pasión con la que habló. A su pesar, esbozó una sonrisa.

–Tom debería haberte incorporado a su equipo de negociadores

–Si necesito una carta de recomendación, ya sé a quién pedírsela –Chastity dio media vuelta.

–Espera –Chastity se detuvo, pero no se volvió–. Hay algo que debes saber. Algo que Tom querría que supieras –concluyó Gabe en tono conciliador. Tras unos segundos, Chastity se volvió lentamente con mirada de inquietud–. Se trata de algo que no te va a gustar.

Las primeras gotas de lluvia salpicaron los ventanales del salón, haciendo que la ciudad y el tráfico se difuminaran tras los cristales. Gabe cruzó la habitación hasta quedarse delante de una ventana. Cuando finalmente había comprendido la complejidad de la situación, lo había invadido una desacostumbrada e ingobernable tensión de la que no había conseguido librarse.

Al volverse, vio que Chastity seguía junto a la puerta, como si dudara entre sentarse o huir.

–Ya que estás aquí, al menos escucha lo que tengo que decirte.

Chastity alzó la barbilla.

–¿Qué tienes que decirme? –preguntó con escepticismo.

Gabe se volvió hacia la ventana y la observó en el reflejo. Su actitud desafiante, de brazos cruzados, no iba a protegerla de lo que estaba a punto de descubrir. La miró a los ojos en el reflejo y en tono apenas audible, dijo:

–El esperma que Tom depositó en el banco se perdió cuando la clínica sufrió un incendio.

–No –Chastity dijo instantáneamente con fiereza–. No sé a qué estás jugando. Tom y yo fuimos a esa misma clínica.

–Se volvió a construir. Pero perdieron todo el… material.

–No –Chastity sacudió la cabeza–. Tom me dijo

que era su esperma. *Genuino* producto Masters, fue lo que dijo. No me habría mentido.

–Eso es verdad –dijo Gabe. Y vio la confusión reflejada en el rostro de Chastity.

Un rayo partió el cielo en dos e iluminó la ciudad.

–Te estás contradiciendo –dijo ella precipitadamente, perdiendo la compostura sin que Gabe obtuviera ninguna satisfacción de haberlo conseguido.

Se volvió y la miró fijamente.

–No me contradigo. Tom sólo tenía veinte años cuando se perdió su esperma. Estaba convaleciente del cáncer y del tratamiento, y estaba destrozado –Gabe se encogió de hombros–. Yo quería ayudarlo y a él se le ocurrió una solución –Gabe vio el pánico reflejado en la mirada de Chastity. Respiró profundamente–: Tu hijo es un Masters, pero no es hijo de Tom, sino mío.

Sin saber cómo, Chastity logró llegar al sofá y sentarse.

–No –dijo con la voz quebrada.

Gabe guardó silencio.

Chastity recordó las visitas a la clínica, cómo Tom se había ocupado de rellenar todos los papeles para que ella sólo tuviera que firmar; y cómo había insistido en que, si le sucedía algo, le explicara todo a Gabe.

La había engañado.

Se sujetó la cabeza con las manos. Un engaño en el que ella era la víctima, y llevaba en su seno el hijo de un hombre que la despreciaba, pero que quería a su hijo.

Y Gabe, tal y como él mismo había dicho, no bromeaba.

Chastity se puso en pie. Necesitaba volver a su casa. Con suerte, despertaría y no habría sido más que una pesadilla. Aprovechando que Gabe se había vuelto hacia la ventana, intentaría marcharse inadvertidamente. Dio un paso. Luego otro..., la habitación empezó a dar vueltas, sus pies perdieron contacto con el suelo y sintió que flotaba.

Desorientada, ocultó el rostro en el hombro contra el que se cobijaba y por un instante creyó estar a salvo.

Pero esa impresión la abandonó en cuanto posó los pies en el suelo y notó la presión de Gabe en su cabeza para que se inclinara hacia adelante. Chastity obedeció y respiró profundamente. En cuanto se sintió más estable, intentó incorporarse. Gabe deslizó la mano por su espalda y finalmente la retiró.

–¿Quieres tomar algo?

–No, gracias, estoy bien –Chastity hizo ademán de levantarse, pero Gabe la obligó a permanecer sentada con un tirón de la mano.

–No estás en condiciones de moverte –dijo con una desacostumbrada amabilidad–. Está lloviendo, estás embarazada y acabas de desmayarte. Si no llego a recogerte, te habrías caído al suelo.

–Es la primera vez que me desmayo –dijo ella, como si eso explicara algo.

–¿Habías estado embarazada antes? –preguntó él, asiéndole la mano con firmeza

–No –admitió Chastity. Y a regañadientes se acomodó en el sofá.

Hasta aquel momento había creído tener las circunstancias bajo control. A pesar del dolor que sentía por la pérdida de Tom, había organizado bien sus finanzas, tenía una casa propia y, si en el futuro necesitaba algo para su bebé, contaba con las acciones y los bienes que había heredado de Tom, una herencia sobre la que no había hecho averiguaciones, pero de la que sabía, por su abogado, que era considerable.

Gabe le soltó la mano finalmente.

—Sé que te has llevado una desagradable sorpresa.

—Así es —dijo ella en un susurro, acercando la mano a su muslo para evitar el contacto con Gabe.

El niño que llevaba en su vientre era suyo. Dos personas que no querían tener el menor vínculo estaban unidas de por vida.

Gabe se reclinó en el respaldo y, cerrando los ojos, dejó escapar un profundo suspiro. Chastity aprovechó para mirar al hombre que acababa de poner su mundo del revés. Compartía algunas facciones con Tom, pero en Gabe, el firme mentón, las oscuras y pobladas cejas, y los ojos color chocolate transformaban el encanto de Tom en una expresión más dura y arrogante.

Para evitar que Gabe la viera observándolo, apartó la mirada y la deslizó por el apartamento. Era la primera vez que lo veía dado que la relación entre los dos hermanos se había roto cuando ella se mudó a vivir con Tom.

También encontró diferencias y similitudes en los gustos de los hermanos. A ambos les gustaba la calidad, pero el espacio de Gabe era más sobrio, más masculino, y no incluía objetos delicados que uno temiera romper. El sofá era de cuero beige, pero mullido y confortable, y daba ganas de acurrucarse en él para leer un buen libro. Chastity pensó en su casa medio vacía y recordó que debía marcharse.

–Quédate a pasar la noche –dijo él como si le leyera el pensamiento–. Tengo un cuarto de invitados.

–No –dijo Chastity por enésima vez aquella noche.

–¿Por qué no?

–Porque no quiero y porque no estaría bien.

–¿Temes que pase algo?

–En absoluto. Pero no me sentiría cómoda –«en la casa de un hombre que me desprecia»–. Quiero ir a mi casa –«meterme en la cama y olvidarme del mundo».

Gabe señaló hacia la ventana. Un nuevo rayo rasgó el cielo.

–Al menos échate un momento. Cuando pase la tormenta, yo mismo te llevaré.

Chastity sabía que tenía razón y dejó que hablara el sentido común.

–Está bien. Pero sólo un momento.

Gabe le tendió la mano para ayudarla a levantarse. Cuando ella la rechazó, se limitó a indicarle una puerta para que lo precediera, y luego la siguió hacia los dormitorios.

–Aquí –dijo, abriendo una puerta que quedaba a la derecha.

Chastity contuvo una exclamación. Una cama con dosel y cortinas de encaje dominaba la habitación. A un lado había un sillón antiguo y al pie, una mesa con un jarrón con tulipanes rosas. Chastity entró y acarició uno de los torneados postes de la cama. Era el tipo de dormitorio que había solido imaginar cuando leía cuentos de hadas en la húmeda y fría habitación que compartía con sus hermanastras... cuando ellas se molestaban en volver a casa.

Se volvió y vio que Gabe la observaba desde la puerta con expresión inescrutable.

–El cuarto de baño está ahí –dijo, indicando una puerta con la cabeza.

–Gracias –Chastity se quitó los zapatos y se sentó en la cama–. ¿Se supone que tengo que notar el guisante debajo del colchón?

Por primera vez Gabe sonrió espontáneamente y sus rasgos se suavizaron.

–Ya sé que es un poco cursi, pero es la única habitación en la que dejé que la decoradora hiciera lo que quisiera –poniéndose serio, añadió–: Ahora, descansa. Te esperaré despierto.

–Gracias –dijo Chastity.

Oyó la puerta cerrarse, retiró varios almohadones y se echó. Pero en lugar de un reparador sueño, la asaltó el recuerdo de la información que Gabe le había proporcionado.

Su bebé era hijo suyo. Gabe era el padre.

No le sorprendió despertar con la luz del sol iluminándole la cara. Sabía que estaba cansada y que terminaría por dormirse. Durante la noche, se había quedado en ropa interior y se había metido bajo la sábana.

Aunque se permitió disfrutar durante unos minutos de la comodidad de la cama, saber que era de Gabe le hacía sentir vulnerable. Se pasó la mano por su abultado vientre. La cama de Gabe. Su bebé. Nada tenía sentido.

Se duchó rápidamente. Cuando llegó al salón, Gabe estaba de espaldas, mirando por la ventana. El sol brillaba sobre lo alto de los rascacielos y sobre el puerto. No quedaba ni una nube. Cuando Gabe dio media vuelta, Chastity vio que tenía cara de cansado y el cabello revuelto. Como ella, llevaba la misma ropa que el día anterior. Sobre el sofá había una manta arrugada.

–Siento haberme quedado dormida.

–Confiaba en que lo hicieras –dijo él, encogiéndose de hombros.

Chastity no sabía reaccionar a la amabilidad de Gabe porque, aunque la confortaba, también despertaba su inquietud.

–Pensaba que el guisante me mantendría despierta, pero se ve que cada vez hacen mejores colchones –la sonrisa de Gabe le recordó a la del día anterior. Chastity continuó–: Y lo que me dijiste ayer, ¿fue una pesadilla o es verdad?

Gabe caminó hacia ella negando con la cabeza. ¿Qué planeaba? ¿Qué quería de ella? Chastity no olvidaba que había sugerido adoptar al bebé, y estaba segura de que, sabiendo que ella no aceptaría, tendría un plan B preparado. Cuanto antes se marchara, mejor.

–Por cierto… –empezó él con voz calmada.

–¿Gabe? –la voz educada y aguda, que procedía de lo que Chastity supuso que era la cocina, la llenó de espanto. Definitivamente, tenía que marcharse–. Estaba segura de haber dejado aquí el cuchillo de plata cuando organizaste la fiesta previa a la ópera.

–Mi madre está aquí –concluyó Gabe, diciendo lo obvio.

–Me voy –dijo Chastity. Gabe la sujetó por la muñeca.

–Huir no sirve de nada.

Chastity lo miró a los ojos.

–¿Y si me escondo en el dormitorio de invitados? Podrías pasarme comida por la ranura de la puerta.

Gabe esbozó una sonrisa negando con la cabeza.

–Tampoco serviría de nada.

–Al menos no tendría que ver a tu madre –Chastity susurró precipitadamente.

–Va a enterarse antes o después. Cuanto antes, mejor.

–Yo prefiero más tarde. Así me evito los gritos y las acusaciones.

Gabe estudió su rostro antes de mirar por detrás de ella.

–Gabe, ¿por qué no me has dicho que tenías visita?

La voz de Cynthia sonó con la fingida animación que Chastity odiaba. Se volvió lentamente y vio la mirada de la mujer pasar de la sorpresa al desprecio.

–Buenos días, Cynthia –saludó con calma.

–¡Tú! –Cynthia miró la mano de Gabe, que desde la muñeca de Chastity, había bajado hasta sujetar su mano–. Gabriel, ¿qué está pasando?

Chastity intentó soltarse, pero él la sujetó con firmeza.

–Chastity y yo tuvimos que tratar unos asuntos anoche. Se quedó porque se hizo tarde y llovía.

–¿Qué tenías que hablar con esa mujer?

Chastity miró a Gabe con expresión implorante para que no le dijera nada. Al menos, no todavía. No mientras estuvieran en la misma habitación, o en el mismo planeta.

Gabe asintió con la cabeza imperceptiblemente antes de contestar a su madre.

–Se llama Chastity –que la defendiera sorprendió a Chastity.

–Mis amigos me llaman Chass –lanzó una falsa sonrisa a Cynthia, convencida de que la oiría emitir el silbido de una serpiente. Pero la mujer se limitó a apretar los labios.

–¿De qué teníais que hablar?

–De asuntos privados –dijo Gabe tras una prolongada pausa durante la que Chastity contuvo el aliento. En agradecimiento, le apretó la mano y él le devolvió el apretón antes de soltársela. Chastity aprovechó la ocasión.

–En fin, Cynthia, me encantaría decir que ha sido un placer, pero mentiría. Ahora tengo que marcharme –caminó pausadamente hacia el ascensor aunque habría querido correr.

Una mano masculina se le adelantó y presionó el botón.

–¿No te quieres quedar a desayunar? –preguntó Gabe con dulzura.

–Ni loca.

–Mi madre tiene otra faceta.

–No lo dudo.

Las puertas se abrieron. Chastity entró y se giró. Gabe le tendió una manzana que ella, tras una vacilación inicial, aceptó.

—Me pondré en contacto —dijo él.
—No lo dudo.

Cumpliendo con su promesa, Gabe esperaba a Chastity fuera de su oficina cuando la vio salir. Estaba espectacular. Perfectamente peinada, con los labios pintados del mismo tono que las uñas de los pies que asomaban en unas sandalias de tacón alto; falda negra y camisa rosa que se cruzaba por delante, abrazándose a su cintura. Era como un oasis en medio del ajetreo de trabajadores que salían a almorzar. Igual que le había sucedido en su apartamento, con su madre, Gabe sintió el impulso de protegerla del mundo exterior.

Eso no significaba que dudara de su capacidad de cuidar de sí misma. Lo había demostrado con Tom: había encontrado un hombre rico para casarse y resolver sus problemas. Era astuta e inteligente. Él mismo lo había comprobado en el poco tiempo que trabajó para él, antes de que la transfiriera al departamento de Tom porque se sentía atraído por ella, y él no mezclaba trabajo y placer. Además, había percibido que la atracción era mutua, o eso había creído, hasta que apenas dos meses más tarde, Tom anunció el compromiso. Al año y medio, se habían casado en secreto.

Chastity lo vio en ese momento y por un instante Gabe creyó que se alejaría, pero no lo hizo. Se encaminó hacia él lentamente. Bajo su perfecto maquillaje, Gabe detectó las huellas del cansancio. ¿Se debería al embarazo, o a la noticia de que él era el padre del bebé que llevaba en el vientre? A él le había quitado el sueño varias noches.

Se caracterizaba por planificarlo todo a corto, medio o largo plazo. Incluso tenía planes alternativos por si fallaban los originales. Nunca había considerado la posibilidad de un embarazo no planeado. Siempre tenía cuidado y sin embargo, la paternidad se le había caído encima. Y ni siquiera se había acostado con la madre. Tampoco quería.

Apretó los puños. ¿A quién pretendía engañar? Claro que lo deseaba, pero se trataba de un mero deseo físico, que no tenía nada que ver ni con la realidad ni con lo que le convenía, ni siquiera con lo que estaba bien. Chastity no encajaba en sus planes, pero tendría que encontrarle un hueco.

Pasó a su lado sin detenerse y él tuvo que alcanzarla. Tenía que conseguir que confiara en él. Usaría la información que poseía en su favor y llegado el momento, averiguaría qué o cuánto quería.

−¿Vas a comer sola? −preguntó, observándola y sintiendo una inesperada punzada de celos al preguntarse si estaba vestida así para impresionar a alguno de sus compañeros de trabajo.

Chastity no contestó. Gabe quiso provocarla tal y como ella lo conseguía con él sin ni siquiera proponérselo.

−¿O has quedado con un rico cliente al que has engatusado?

Había olvidado que su objetivo era conseguir que

confiara en él y se comportaba como un colegial enrabietado.

Chastity le lanzó una mirada de soslayo antes de acelerar el paso.

–Si has venido a insultarme, puedes marcharte –una fracción de segundo antes de que hablara así, Gabe creyó ver un brillo de dolor en su mirada que no supo si era real o fingido.

Necesitaba que fuera dura y fría, que su interior se correspondiera con su aparente indiferencia y calma.

Chastity no aminoró el paso, pero a Gabe no le costó mantenerse a su altura.

–¿Te dejó Tom suficiente dinero?

–Sabes que sí.

–Y también sé que no has tocado un céntimo. ¿Por qué?

Habían llegado a un cruce. Chastity se detuvo y lo miró:

–No es buen momento para hablar.

El semáforo cambió y numerosos transeúntes pararon se pararon a su lado mientras ellos se miraban frente a frente. Era evidente que Chastity sabía que mantenía una posición fuerte. Era su cuerpo, y era su bebé. No podía manipularla. Y Gabe en parte la admiraba. Se acercó un paso. Chastity se mantuvo firme.

–Podríamos comer juntos. Hay un lugar agradable en la marina –en la brisa que arremolinó el cabello de Chastity flotó un aroma a primavera, y Gabe se arrepintió de haberse aproximado tanto a ella.

Chastity alzó el rostro.

–¿Por qué? –la mirada de desconfianza que dirigió a Gabe era precisamente el problema que éste quería atajar aunque fuera él quien tenía más motivos para desconfiar que ella. Después de todo, ¿quién se había casado con alguien a quien no amaba?

–Porque quiero conocer a la mujer que va a tener a mi hijo.

Las palabras quedaron suspendidas en el aire.

–No puedo –Chastity esquivó su mirada–. No tengo tiempo para comer.

Mentía espantosamente mal. Gabe enarcó una ceja y eso bastó para que ella se ruborizara de culpabilidad. Suspiró con rabia.

–¿Has averiguado mi horario? –preguntó.

Gabe se encogió de hombros.

–Me gusta estar bien informado –la miró expectante, sintiendo curiosidad por saber qué otra excusa inventaría–. ¿Comemos? –preguntó de nuevo.

Cuando Chastity volvió a mirarlo pareció haber recuperado parte de su aplomo.

–No –dijo, sin dar más explicaciones.

Gabe no recordaba haber sido despreciado tan abiertamente por una mujer. Era evidente que Chastity no sabía cuánto le gustaban los retos.

Capítulo Cuatro

Resistiendo la tentación de relajarse, Chastity se mantenía alerta, con los brazos cruzados. Alzó el rostro hacia el sol y sintió relajarse parte de la tensión que sentía siempre que estaba cerca de Gabe. Seguía sin saber por qué se había dejado convencer. Acostumbraba a mantenerse aislada porque ésa era la forma de sentirse segura, pero Gabe se saltaba las barreras que tanto le había costado erigir. La retaba y sabía que debía retarlo a su vez para que no viera hasta qué punto podía alterarla.

Lo miró de reojo, plantado con seguridad ante el timón, asiendo la rueda con firmeza, en mangas de camisa. Sólo le faltaba un parche para ser un pirata, y a esa imagen contribuía el hecho de que ella se sintiera cautiva. Si los piratas buscaban tesoros, en su caso, el tesoro lo representaba el bebé que llevaba dentro.

Y para conseguir que Gabe desistiera de sus pretensiones tenía que conseguir dos cosas: que confiara en que podía ser una buena madre; y hacerle saber que conocía sus derechos, y sobre todo, los derechos de los que él *no* gozaba.

–Cuando has mencionado que comeríamos en la marina pensaba que te referías a alguno de los restaurantes del puerto.

Gabe la miró.

–¿De verdad?

–Sabes que sí. Así que sólo se me ocurre que estemos en tu yate porque: a) no quieres que te vean conmigo; b) no quieres que puedan oír nuestra conversación, o c) quieres impedir que me vaya cuando me venga en gana.

Gabe miró hacia el inmenso mar. Una gaviota graznó sobre ellos.

–O d) porque pensaba que te gustaría.

–No esperarás que te crea.

Gabe volvió a mirarla.

–Espero que no te maree ir en barco.

–No –dijo ella con sinceridad–. La brisa me sienta bien.

Gabe miró al horizonte.

–Tom me dijo en una ocasión que el mar te encantaba, que habías nacido cerca de él.

–¿Te contó eso? –y Gabe lo había recordado como acumulaba información que pudiera serle de utilidad. Era una suerte que nunca le hubiera contado a Tom todos los detalles de su infancia o Gabe contaría con munición suficiente como para quitarle al niño.

–Me lo contó muy al principio.

–¿Antes de que dejarais de hablaros?

Gabe frunció el ceño y Chastity casi se arrepintió de haberle robado el placer que obviamente experimentaba pilotando el barco. Por lo que sabía, su vida estaba dedicada al imperio Masters. Desde que se habían encontrado al salir de la oficina, había recibido un par de llamadas de trabajo. Que estuviera dispuesto a dedicarle tanto tiempo le preocupaba, y aún más que se hubiera tomado el esfuerzo de recabar información sobre su horario de trabajo.

Gabe la miró fijamente.

−¿Podemos empezar de nuevo? Prometo no mencionar el pasado si tú tampoco lo haces. Al menos por hoy.

−¿Eso significa que dejarás de insultarme?

−Sí.

−Podemos intentarlo −dijo Chastity con indisimulado escepticismo.

−¿Preferirías ir a un restaurante? Quizá estarías más cómoda.

−No, aquí estoy bien −dijo ella, sorprendida por la súbita amabilidad de Gabe.

Lo cierto era que adoraba el mar y que se había criado junto a él, pero al contrario de lo que Gabe pudiera imaginar, no en una acomodada casa a la orilla de la playa, sino en una empobrecida comunidad, dentro de una familia de dudosa reputación. El océano y la playa habían sido su primer lugar de juego y su santuario.

−No vamos muy lejos. Quiero ir a una cala protegida del viento del oeste. Llegaremos en veinte minutos.

Chastity asintió con la cabeza y volvió su atención al agua a pesar de que parte de ella habría podido seguir observando a Gabe durante horas. De no haberlo conocido, era consciente de que se sentiría cautivada por él. De hecho, en el pasado lo había estado.

Cuando trabajaba para Gabe, disfrutaba en su compañía, le gustaba estar cerca de él. Pero en una ocasión no había podido disimular la atracción que sentía y él la había transferido inmediatamente al departamento de Tom. No podía haberle enviado una señal más nítida de que un hombre como él no sentía el menor interés en alguien como ella.

Así que cuando Tom le pidió que se casara con él, Chastity había pensado que nunca obtendría una mejor oferta de matrimonio.

Siguió contemplando el océano, perdida en sus pensamientos, hasta que fondearon en una pequeña cala rodeada de verdes montañas.

Gabe sacó una cesta de la cabina y vació sobre la mesa el contenido, que parecía preparado por el chef de un restaurante. Comieron en un silencio apacible hasta que Chastity, tras dar el último bocado a un pastel de fresas, se obligó a mirarlo a los ojos.

–¿Cómo sabías que trabajo en Knight Architectural?

–Jordan me lo dijo cuando te contrató.

–¿Jordan te avisó? –preguntó Chastity, desconcertada.

–Puesto que le hago contratos por varios millones al año, no le interesa enemistarse conmigo –Gabe la miró fijamente–. No es que me pidiera permiso para contratarte. Me anunció que habías empezado a trabajar con ellos para que no lo averiguara por otros medios.

–¿Y no le pediste que me despidiera?

–No puedo intervenir en sus decisiones.

–¿Y no le amenazaste con retirarle los contratos?

–Sólo le pedí que tú no trabajaras en ninguno de mis proyectos.

—Yo le pedí lo mismo.

Gabe asintió.

—No me gusta mezclar los negocios y lo personal —dijo, implicando que ella no tenía ese problema.

Chastity le dirigió una mirada incendiaria.

—Al contrario de lo que piensa tu familia, en ningún momento me propuse seducir a Tom.

Había sido él quien se había empeñado, y ella acabó aceptando en un momento de soledad e inseguridad, pero había acabado siendo una magnífica decisión para ambos. Los dos años que había pasado con él habían sido los más felices de su vida, y lo echaba enormemente de menos.

—Claro que no.

Chastity pasó por alto el sarcasmo de Gabe. No tenía ninguna intención de discutir su relación con Tom.

—¿Y Jordan y tú? —preguntó Gabe—. Os vi en una fotografía en la inauguración de una exposición.

Chastity se indignó. Acababa de enterrar a su marido y Gabe insinuaba que estaba teniendo una aventura con su jefe y amigo. La insinuación era repugnante, y tan injusta como cuando, de pequeña, se veía incluida en los rumores, generalmente ciertos, sobre el comportamiento de sus hermanastras y, ocasionalmente, de su madre.

—Creía que habíamos quedado en evitar los insultos. Si estuviéramos en un restaurante me iría ahora mismo.

—Era una pregunta, no una insinuación. Eres muy susceptible.

—¿Tú crees? Sólo te ha faltado preguntarme qué ofrecí a Jordan a cambio de que me contratara.

Gabe se apoyó en el respaldo de la silla.

–No pienso disculparme porque no era eso lo que pensaba. Recuerda que yo te contraté precisamente porque creí en tu inteligencia y en tu capacidad.

Chastity desvió la mirada. Eso era cierto. Él le había contratado con la expectativa de que hiciera su trabajo bien, y durante un tiempo se habían respetado mutuamente. De hecho, saber que era digna del respeto de Gabe Masters había supuesto mucho para ella. Por eso le había resultado tan doloroso perderlo.

–Necesito saber en qué situación te encuentras para tomar decisiones de futuro –dijo él.

–No hay que tomar ninguna decisión.

–Claro que sí. Recuerda que también es mi hijo.

Chastity miró a Gabe retadora y jugó sus cartas.

–Legalmente, no. Los donantes de esperma renuncian a sus derechos.

Estaba segura de que Gabe lo sabía, y quería que supiera que ella, también.

Gabe apretó los dientes.

–Biológica y moralmente sí lo soy –dijo él, lentamente.

Chastity miró al agua por encima de la barandilla del barco.

–Supongo que sí, pero eso no significa nada.

–Mentirosa. Mírame a los ojos y repítelo.

Gabe tenía razón. Aunque no supiera exactamente cuáles, la paternidad de Gabe tenía numerosas implicaciones. Aun así, se había guardado alguna baza.

–Es niña –dijo.
–¿Perdón?
Chastity alzó la mirada.
–*Mi* bebé es niña.
Gabe frunció el ceño y la miró con desconcierto.
–¿Qué pretendes diciéndome eso?
Chastity se desanimó al ver que la reacción de Gabe no tenía nada que ver con la desilusión de saber que se trataba de una niña en lugar de un niño.
–Hay a quien le importaría mucho que no fuera un varón.
–¿De verdad piensas que…? ¿Es posible…? –Gabe no encontraba las palabras–. ¿Para ti tiene menos valor?
–Por supuesto que no, pero para algunas personas…
Gabe le dio la espalda, pero Chastity pudo percibir la ira que irradiaba, y supo que acababa de darle un motivo más para que la despreciara.
Gabe tardó varios minutos en volverse.
–¿Quién?
Chastity actuó como si no comprendiera la pregunta, como si Gabe no hubiera dado en el clavo.
–¿Qué tipo de hombre –continuó él– rechazaría a un bebé por ser niña? ¿Algún hombre con el que has salido?
–Eso no es asunto tuyo.
–¿Tu padre?
–¿Qué padre? –el rencor con el que contestó automáticamente sorprendió a la propia Chastity.
Gabe asintió lentamente antes de decir entre dientes.

–Yo no soy como esos hombres.

Una afirmación que a Chastity no le costó creer porque era el único hombre que le hacía sentirse insegura.

Gabe apretó un botón y el rumor del ancla ascendiendo reverberó en el barco. Chastity lo había ofendido pero, dados los insultos que ella había recibido, no pensaba disculparse. Gabe utilizaría a su favor cualquier fragilidad que dejara entrever.

Gabe llamó a la puerta de Chastity y esperó. Con toda seguridad habría salido de celebración con sus amigos o su familia, aunque seguro que no con su padre.

Que hubiera asumido que rechazaría a una niña le había enfurecido inicialmente, pero más tarde le había hecho plantearse qué le habría pasado en la vida para esperar una reacción como ésa. Un padre ausente debía tener que ver con ello, pero no exclusivamente. Estaba decidido a hacer más averiguaciones sobre ella, y ésa era una de las razones de que estuviera allí en aquel momento.

Llamó de nuevo. La casa le había sorprendido, como tantas otras cosas de Chastity. Y a Gabe no le gustaban las sorpresas porque le impedían tener todo bajo control.

La casa de madera situada en un lugar remoto de la Costa Oeste no tenía nada que ver con el apartamento de lujo que solía compartir con Tom. No debía ser una casa barata, porque la propiedad en la costa no lo era; pero eso, y las vistas al mar, era la única similitud que compartían ambas casas. Mientras que el apartamento tenía un jardín delantero con un césped inmaculado y palmeras en grandes macetas, al mirar a su alrededor Gabe sólo vio algunos árboles que sobrevivían a los fuertes vientos procedentes de mar.

Que Chastity hubiera cambiado su coche por un todoterreno tenía sentido. Era mucho más práctico que un deportivo para recorrer la sinuosa y a menudo embarrada carretera de la montaña.

Por encima del murmullo del agua golpeando la costa, creyó oír un ruido metálico procedente de la parte trasera y se encaminó hacia allí. En un rincón del jardín, una mujer con el rostro de Chastity estaba de rodillas delante de una maceta con un arbusto recién plantado. La impostora llevaba una coleta, unos gastados pantalones cortos y una vieja camiseta roja. Gabe se dio cuenta de que era la primera vez que la veía con algo de color. A su lado, tenía una pala y en la mano sujetaba una paleta, pero estaba paralizada y sumida en la contemplación del mar.

Transmitía una imagen de fragilidad y melancolía, y Gabe sintió el impulso de arrodillarse a su lado y estrecharla en sus brazos.

Chastity se volvió y, con expresión de asombro, se incorporó y se sacudió la ropa.

–¿Qué haces aquí? –miró más allá de Gabe para asegurarse de que estaba solo.

Él se recuperó del instante de debilidad y recordó que estaba allí para ganársela, y no viceversa. Alzó la mano en la que tenía un paquete.

–Te traigo un regalo de cumpleaños para firmar la paz.

–Gracias –dijo ella, titubeante–. ¿Cómo lo has sabido?

–Es el mismo día que el de mi padre.

–Eso no explica que supieras que coincidía con el mío.

–Fue la razón de que el año pasado Tom y tú no pudierais venir a cenar, ¿te acuerdas?

Chastity asintió aunque Gabe tuvo la impresión de que no lo recordaba y que lo único que quería era que se fuera. Señaló con la cabeza el arbusto recién plantado.

–Es una manera interesante de pasar tu cumpleaños –Gabe se acercó unos pasos. ¿Dónde estaba la familia y los amigos con quien la había imaginado? ¿Por qué estaba sola?

Chastity se volvió hacia la maceta mientras Gabe se acercaba hasta colocarse a su lado.

–Mi gato murió ayer. Lo he plantado en su honor.

–No sabía que tuvieras un gato.

–En realidad no era mío. Venía con la casa. Pero me... –calló bruscamente al darse cuenta de con quién estaba hablando–. Ni siquiera me gustan los gatos especialmente.

Dados los surcos que las lágrimas habían dejado bajo el rostro manchado de tierra, Gabe se preguntó si trataba de convencerle a él o a sí misma.

–Supongo que debería invitarte a pasar.

Gabe sabía que debía asentir y no dejarle otra opción, pero se sentía como un intruso.

–A no ser que no quieras. No quiero estropearte el día.

Quizá también sería lo mejor para él marcharse

y olvidar la imagen de una mujer sola el día de su cumpleaños, enterrando a su gato.

Chastity reflexionó largamente mientras él esperaba con curiosidad y se decía que le resultaba indiferente la decisión que tomara. El sol arrancaba destellos a los pendientes de Chastity. Hechos con nácar y cuentas de plástico, parecían la manualidad de un niño. Si se trataba de un regalo de las recién pasadas navidades, desde luego que no había sido comprado en Tiffany's

—No creo que puedas empeorarlo —dijo ella finalmente con un encogimiento de hombros—. Pasa.

En lugar de ofenderse, Gabe sintió un alivio que achacó al objetivo de su visita: conseguir normalizar su relación como para que Chastity aceptara ponerle su apellido a la niña y así adquirir derechos sobre ella. Estaba dispuesto a hacer lo que fuera para formar parte de la vida de su hija.

Un porche de madera recorría toda la fachada trasera. Gabe y Chastity cruzaron el jardín y subieron los dos escalones que daban acceso a la doble puerta que estaba abierta de par en par de manera que el exterior y el interior se fundían en uno.

Lo primero que Gabe vio en la encimera de la cocina fue una fotografía de Tom junto a una tarjeta con un dibujo infantil. En la foto, su hermano reía con una expresión característica que Gabe no había visto en mucho tiempo, mezcla de felicidad y picardía. La melancolía y la tristeza lo invadieron al pensar en todas las cosas que no había tenido la oportunidad de decir, y a los puentes que nunca había llegado a tender.

Miró a Chastity, que se había parado a su lado y que, en lugar de a la fotografía, lo miraba a él. Gabe vio en su mirada clara el reflejo de la tristeza, pero también de la compasión… ¿hacia él? Chastity desvió la mirada.

–Voy a asearme –Chastity alzó las manos embarradas–. Tómate algo. Hay tónica en el frigorífico.

Gabe siguió el vaivén de sus caderas mientras se alejaba. Apretó los dientes y miró a su alrededor con el ceño fruncido. La habitación estaba prácticamente desnuda. ¿Dónde estarían los muebles?

De la misma manera que parecía no haber límite entre el exterior y el interior, la cocina se fundía con el comedor y el salón. En las paredes colgaban cuadros de colores brillantes y había una estantería repleta de libros. Sin embargo, en el comedor sólo había una mesa redonda y una silla, y en el salón, un sofá azul de dos plazas. No había ni televisión ni equipo de música, aunque en una esquina sorprendía la presencia del exquisito piano de cola de Tom. Un mero capricho de su hermano, pues no sabía tocarlo. En aquel momento, se veían varias partituras sobre el atril.

Gabe cruzó la habitación de suelo de madera. La música era de Beethoven, y tenía algunas anotaciones en las que Gabe identificó la escritura de Chastity.

En otra esquina había una gran rama de árbol pintada de plata, y de cuyas ramas colgaban caracolas también pintadas de oro y plata. Debía tratarse de su árbol de Navidad. Inevitablemente, Gabe pensó en el de la casa de sus padres, de casi tres metros y decorado profesionalmente.

Sacudió la cabeza al no comprender a Chastity, y queriendo no sentir interés por llegar a comprenderla. De vuelta a la cocina, abrió una tónica y la bebió mientras contemplaba el mar.

Se volvió al oír el ruido de pisadas y tuvo que concentrarse unos segundos para recuperarse de la impresión. Chastity no sólo se había maquillado, sino que llevaba el cabello suelto y lucía un vestido blanco y negro, ceñido hasta la cintura. Era una mujer mucho más espectacular que la del jardín. Pero a Gabe le gustaba más la otra.

—¿Qué has hecho con ella?

—¿Con quién? —preguntó Chastity.

—Con tu malvada gemela. O quizá sea la buena. ¿En qué sótano la has encerrado? Debería ir a rescatarla.

Los rojos labios de Chastity se curvaron en una genuina sonrisa que iluminó sus ojos y que robó parte del oxígeno de la habitación. Gabe alzó la tónica a modo de brindis.

—Feliz cumpleaños.

Chastity apartó la mirada y la dirigió hacia el mar, recuperando su melancolía previa.

—Gracias —dijo con un hilo de voz.

Gabe se acercó a ella sin poder ignorar sus hombros desnudos ni la fresca fragancia a la que olía.

—¿No vas a ver a tu familia?

Chastity se tensó.

—No —el monosílabo no dejaba lugar a dudas. Era un tema a evitar—. ¿Y tú? ¿No deberías estar con tu padre?

—Vengo de comer con ellos.

–Entonces necesitarás tomar algo más fuerte –dijo ella, mirando la tónica.

Tenía razón. Había sido un almuerzo incómodo, con la ausencia de Tom flotando entre ellos. Su padre, usurpando el lugar de su hermano, había bebido en exceso, mientras que su madre, siempre fiel a sí misma, no había dejado de recriminárselo.

Gabe se había alegrado de huir y había disfrutado del trayecto en coche solo. Pero si la celebración de su familia se había visto afectada por la pérdida de Tom, aún más debía estarlo la de Chastity. Por más que pensara que se había casado con su hermano por dinero, tenía la convicción de que mantenían una excelente relación de amistad. Tom había estado mucho más relajado los últimos dos años de su vida, y Gabe atribuía esa evolución a la influencia de Chastity.

–De haber sabido que estabas sola te habría invitado.

–¿Para ser objeto de recriminaciones? Gracias, pero no.

–No somos tan terribles.

Chastity no dijo nada. No hacía falta. Aquel mismo día, al hablar de Tom, su madre, a pesar de sus constantes recriminaciones, había seguido refiriéndose a ella como «esa mujer». Era preferible estar solo. Al menos para Gabe. Así no tenía que sentirse responsable de la felicidad de nadie, ni soportar su amargura, ni evitar temas tabú.

–¿A qué has venido? –preguntó finalmente Chastity tras un cargado silencio.

–Para darte tu regalo.

–¿Qué pretendes? ¿Reunir información sobre tu enemigo?

–No somos enemigos. Estamos del mismo lado.

–Si pretendes ser algo más que un tío para mi hija, te equivocas.

Gabe consiguió dominar la ira.

–No pensaba hablar hoy de ello –quería esperar a ganarse su confianza.

–Me cuesta creerlo. Es la única razón de que estés aquí.

Estaba claro que no se dejaba engañar. Era una chica lista.

–Puede que me preocupara que estuvieras sola.

–¿Y piensas que tu compañía es preferible a la soledad?

–En eso tienes razón –dijo él, imperturbable.

–Lo siento. Ha sido una grosería.

–Pero sincera.

Chastity parecía verdaderamente mortificada, mientras que él ni siquiera lo consideraba un insulto.

–No del todo. ¿Recuerdas el viaje de hermanamiento de la oficina?

Lo último que Gabe esperaba era que Chastity lo defendiera, y menos, utilizando aquel episodio.

Dejándose asesorar por su jefa de recursos humanos y en contra de sus propias convicciones, había enviado a su equipo un fin de semana para realizar actividades con las que supuestamente reforzarían sus vínculos. Por aquel entonces, Chastity era su ayudante personal. Llevaba sólo un par de meses en la empresa y habían coincidido en el mismo equipo. En una de las pruebas habían tenido que esperar varias horas en la orilla del río a que sus compañeros los rescataran. Chastity se había mostrado sorprendentemente relajada y al final él no había tenido más remedio que imitarla. Charlaron y pasaron un rato muy agradable.

Nunca había olvidado aquella tarde. Pero no quedaba ni rastro de aquella mujer en la que tenía delante. Lo primero que tenía que conseguir era poder relacionarse como lo habían hecho entonces.

–¿Qué vas a hacer la semana que viene? –Gabe sabía que Jordan prácticamente cerraba las oficinas y animaba a sus empleados a tomarse unas vacaciones.

–¿Por qué lo preguntas? –preguntó ella con susceptibilidad.

–Voy a la isla Sanctuary a ver el hotel que compramos el otro día –durante la reunión que ella había interrumpido–. Me gustaría que vinieras conmigo.

Chastity abrió los ojos con sorpresa y temor.

–No creo que sea una buena idea.

El temor preocupó a Gabe.

–¿Porque no te caigo bien?

Chastity esbozó una sonrisa de amargura.

–O porque yo no te caigo bien a ti.

–Estoy intentando que me gustes.

–En contra de tu voluntad.

–Tenemos entre manos algo mucho más importante que nuestras desavenencias del pasado. Tú misma has hecho referencia a una ocasión en la que supimos relacionarnos bien.

Gabe intentó no pensar en la noche siguiente, cuando, sentados en torno a una hoguera, Chastity había cantado con voz dulce y cristalina y él había sido súbitamente consciente de que la deseaba.

Unas semanas más tarde, consciente de que la atracción no disminuía y creyendo atisbar que ella sentía lo mismo aunque lo disimulara, la transfirió al departamento de Tom. Y cuando, tras varias semanas en las que el deseo sólo aumentó, decidió pedirle una cita en cuanto volviera de su viaje con Tom. Pero para entonces ya había conseguido el hombre rico que buscaba.

–Admítelo, Gabe –dijo ella, cuadrándose de hombros para presentar una fachada de seguridad que él no llegó a creerse–. Por una vez, soy yo quien tiene el poder, y no te gusta.

–No me importa admitirlo, pero creo que tenemos que avanzar. Además, sabes que tengo razón, al menos en esto –dijo Gabe, señalando su vientre. Al ver que Chastity titubeaba, continuó–: El hotel está en obras, así que no habrá otros huéspedes. Tendrás tu propia cabaña en un extremo de la bahía. Yo estaré trabajando.

–¿No intentarás presionarme respecto al bebé, ni hablar del tema?

Claro que tendrían que hablar de ello. Pero para eso, tenía que conseguir que lo acompañara.

–En algún momento, será inevitable –no podía mentir–, pero esperaré a que estés dispuesta a ello.

–Me lo pensaré.

Gabe sabía que esa respuesta equivalía a una negativa y se impacientó. Nunca había pensado en ser padre, pero al saber que iba a serlo, no soportaba la idea de no formar parte de la vida de su hija. Haría lo que fuera necesario para conseguirlo.

Una voz infantil llamando a Chastity lo sobresaltó. Se volvió y vio a una niña menudita y delgada que, dando saltitos, cruzó el porche y se detuvo al llegar a la puerta. Entonces se irguió, se echó el cabello para atrás, se estiró la camiseta y con gesto digno, cruzó el umbral.

–¿Qué te ha parecido? –preguntó, expectante.

–Perfecto –dijo Chastity–. Has sido muy elegante.

La niña sonrió de oreja a oreja e hizo una pirueta. Al girar, vio a Gabe y se quedó paralizada.

–Sophie, éste es Gabe Masters –dijo Chastity–. Gabe, ésta es Sophie, una amiga.

–Hola, Sophie –Gabe no estaba seguro de si era apropiado, pero le tendió la mano. La niña, que debía tener unos diez años, miró a Chastity, quien asintió dando su aprobación. Sophie estrechó la mano con sus dedos largos decorados con anillos hechos con nácar. Un collar del mismo material colgaba de su cuello. Era como saludar a una sirena–. Encantado de conocerte –añadió, sonriendo.

La niña sonrió con timidez.

–Veo que llevas unos pendientes tan bonitos como los de Chastity.

Sophie se llevó los dedos a la oreja y se volvió entusiasmada hacia Chastity.

–¿Los llevas?

Chastity se retiró el cabello.

–Por supuesto que los llevo.

–¡Vamos a juego! –dijo Sophie, mirando a Gabe

con ojos chispeantes, como si esperara su confirmación.

–Desde luego que sí –dijo él–. Me siento como una espina entre dos rosas.

El piropo halagó a Sophie, que se cuadró de hombros y sonrió con orgullo. Luego, recordando su misión, se volvió hacia Chastity.

–Mamá dice que si puedes darnos un par de huevos.

–Claro –Chastity fue hasta el refrigerador.

–Dice que te los devolverá cuando papá cobre el martes que viene –dijo la niña, mirando al suelo.

–Dile que no se preocupe. Que me los da una amiga que tiene gallinas.

Desde donde se encontraba, Gabe tuvo la sensación de que Chastity hablaba demasiado deprisa y con fingida animación, y vio que sacaba los huevos de un paquete de supermercado para ponerlos en una caja de plástico.

–Sophie –dijo, para distraer a la niña–. Tengo una amiga que de pequeña hacia joyas con botones y cosas que encontraba, y ahora las diseña para estrellas de cine.

–¿De verdad?

–Sí, y al principio sólo las hacía para sus amigas.

–¿De verdad? –repitió la niña con ojos como platos.

Chastity cerró el frigorífico y le dio la caja a Sophie.

–Gracias, Chass –la niña la miró con adoración–. ¿Querrás ir más tarde a dar un paseo por la playa?

–Claro –dijo Chastity con una sonrisa que le hizo parecer de la misma edad que la niña.

–Fenomenal –Sophie fue hacia la puerta–. Adiós –y salió corriendo con los huevos apretados contra el pecho.

Gabe miró a Chastity.

–¿*Mis amigos me llaman Chass?* –dijo, al recordar lo que le había dicho a su madre.

–Gracias por distraerla –dijo ella, sonriendo con una picardía que Gabe no había visto con anterioridad.

Gabe se encogió de hombros sin dejar de escrutar su rostro en busca de respuestas.

–Es una monada.

–¿Y?

–Y nada.

–Entonces, ¿por qué me miras con esa cara tan rara?

–Porque no dejas de sorprenderme y eso no pasa muy a menudo.

–Quizá debas mezclarte con gente menos aburrida.

Gabe sabía que pretendía insultarlo, pero lo cierto era que tenía razón.

–Puede que estés en lo cierto.

En esa ocasión fue ella quien se mostró sorprendida. Para disimular, se entretuvo en colocar la fruta de un frutero.

–¿Es verdad que tienes una amiga joyera como la que has descrito?

–Sí.

–A Sophie le sienta muy bien que la gente aprecie sus esfuerzos y la anime, en lugar de sólo hacer referencia a su aspecto.

Aquel comentario parecía ocultar algo mucho más profundo que despertó la curiosidad de Gabe, pero sabía que no conseguiría nada si la interrogaba. La miró, pero su rostro no transmitía ninguna emoción. Gabe habría hecho lo que fuera para arrancarle una sonrisa como la que le había dedicado a Sophie. De hecho, se dio cuenta de que le gustaría empezar por arrancarle el vestido, y ese pensamiento lo perturbó.

Indignado consigo mismo, se dijo que eso no era verdad, que la había borrado de su mente en cuanto se prometió a su hermano.

–Yo también me voy –necesitaba poner sus pensamientos en orden.

Ella se limitó a asentir. Estaba claro que no iba a insistir en que se quedara.

Salieron al porche y Chastity dirigió la mirada hacia el arbusto que había dejado en una esquina del jardín.

–Piensa en mi oferta –dijo él, haciendo todo lo posible por no resultar amenazador–. Me marcho mañana y pasaríamos allí una semana. Estaría muy bien que vinieras. Entre tanto: feliz cumpleaños –tomó el paquete que había dejado sobre una mesa y se lo dio.

–Gracias, no debías haberte molestado.

–No es nada.

De pronto Gabe no quiso estar presente cuando lo abriera. Había tardado un montón en escogerlo. Normalmente, su secretaria se ocupaba de esas cosas, pero en aquella ocasión quiso hacerlo él mismo. Había mirado en joyerías buscando algo elegante y caro, algo impersonal que no pareciera un soborno aunque lo fuera. Pero finalmente, había elegido una cosa que había llamado su atención al pasar por una tienda de libros de segunda mano. Quizá había cometido un error y debía haberle dejado el trabajo a Julia. Sacudió la cabeza.

–No hace falta que me acompañes –dijo. Y caminó hacia su coche.

Estaba a punto de abrir la puerta cuando Chastity salió del lateral de la casa, y se acercó jadeante. Sujetaba el libro, un diario para que registrara sus meses de embarazo, en la mano. En la portaba había la delicada silueta de una mujer que sostenía a un bebé en brazos.

–Gracias, has sido muy considerado. Temía que hubieras hecho algo vulgar.

–¿Como qué?

–Como mandar a tu secretaria a comprarme una joya cara. Siento haberte juzgado mal.

De hecho lo había juzgado perfectamente, pero no era necesario que lo supiera. Gabe se sentó tras el volante.

–Te acompañaré al viaje, si te parece bien.

¡Victoria! Disimulando su satisfacción, Gabe puso en marcha el coche.

–Pasaré a recogerte por la mañana.

Capítulo Cinco

Al perder de vista la sombra del helicóptero y enmudecer el ruido de sus aspas, Chastity fue plenamente consciente del error que había cometido al dejarse arrastrar al territorio de Gabe.
—¿Qué te parece? —preguntó él. Con las gafas de sol era imposible adivinar qué pensaba.
—Que venir aquí ha sido un error.
Aunque su impulso era huir, no podía. Y no ya porque el helicóptero fuera el único medio de transporte para escapar, aparte del barco del correo que pasaba una vez a la semana por la isla, sino porque necesitaba que Gabe confiara en ella y la creyera capaz de criar a su hija. Ése era su objetivo y no debía perderlo de vista.
Gabe esbozó una sonrisa. También él era consciente de que se había producido un cambio en el equilibrio de fuerzas.
—Me refería a la isla, al hotel.
Chastity se volvió. Las cabañas estaban a poca distancia. El edificio principal, de madera, con un tejado apuntado y grandes ventanas, ocupaba un claro entre los árboles mientras que las cabañas estaban en el límite del bosque, sobre el césped que descendía suavemente hacia la orilla hasta transformarse en arena blanca.

–¡Es precioso!

–¿Verdad? –dijo Gabe con orgullo.

–Es muy distinto a lo que imaginaba. No parece un parque temático para ricos.

–Porque no lo es. Es un refugio. Quise comprar esta isla en cuanto salió al mercado, hace dos años.

–¿Y por qué no lo hiciste?

–George Tucker también la quería. Pujó demasiado alto y decidí retirarme.

–¿Y?

–Tucker se ha arruinado, y ahora es mía.

¿Gabe le contaba una anécdota o le advertía que siempre conseguía lo que quería?

Chastity no estaba segura, como tampoco sabía por qué la había llevado allí, aunque estaba segura de que había algún motivo. Por algo no había borrado el mensaje del contestador en el que le decía que quería adoptar a su bebé: para no olvidar cuáles eran sus intenciones.

Estaba atrapada. De no haberse quedado embarazada, la muerte de Tom habría representado el final de todo contacto entre ellos, pero el hecho innegable era que estaba embarazada del bebé de Tom-Gabe.

No parecía lógico que Gabe quisiera el bebé porque ansiara ser padre. Su temor era que fuera ella, a la que no consideraba más que una cazafortunas, quien lo criara. Y menos aún cuando la consideraba culpable del distanciamiento entre Tom y su familia.

–Las acciones de la compañía que has heredado de Tom te hacen parcialmente dueña de este lugar

–dijo Gabe, deslizando la mirada por la playa y las cabañas.

–Ni siquiera me lo había planteado. Nunca…

–¿Qué?

–Nada –Chastity nunca pensaba en las acciones como suyas, sino de su hija.

Fue a levantar su maleta, pero Gabe se adelantó mirándola con gesto de reprobación. Chastity se encogió de hombros y empezó a caminar.

–¿Hacia dónde vamos? –preguntó, por encima del hombro.

–Donde quieras. Elige una cabaña. Casi todas están terminadas.

Chastity se encaminó hacia la más alejada. No tanto por molestar a Gabe como por la necesidad de tener un poco de intimidad y evitar a los trabajadores y el ruido de obras que había atisbado en el lateral del edificio principal.

–No hay línea de teléfono fijo, pero hay cobertura para móviles –dijo él.

Cuando llegaron a la cabaña, él abrió la puerta.

–Y tampoco hemos puesto cerraduras, pero la isla es muy tranquila –Gabe recorrió el interior con la mirada–. Faltan algunos detalles, pero tiene una cama.

Esperó a que Chastity entrara. Ella esquivó la mirada de sus retadores ojos marrón café, y al pasar a su lado la alcanzó el olor de su colonia, que había perfumado la cabina del helicóptero durante el viaje, produciendo un cosquilleo en sus sentidos. Se resistía a que Gabe tuviera ese efecto en ella, pero no conseguía evitarlo.

Alzó la mirada y la fijó en una mecedora que ocupaba una esquina, iluminada por el sol. Una cómoda y una cama con una colcha de lino color crema eran los únicos muebles. El suelo y las paredes, de madera barnizada, estaban desnudos.

–Me gusta. Es muy relajante.

–¿Quieres decir espartana?

Chastity percibió la sorna en la pregunta de Gabe.

–Quiero decir «austera». Por eso me gusta. Demasiadas cosas me asfixian.

–¿Entonces? –preguntó Gabe, extrañado.

No necesitaba completar la frase para que Chastity supiera que se refería al sobrecargado apartamento que había compartido con Tom. Un apartamento que se había sentido tan triste como aliviada de abandonar.

–¿Hay camas en todas las cabañas? –preguntó, en lugar de responder.

–No.

–¿Y cómo has sabido que elegiría ésta? ¿Tan predecible soy?

–No, pero pensé que querrías la más alejada del ruido –Gabe dejó la maleta en el suelo–. Te dejo para que puedas instalarte.

Pero Gabe no se movió. Chastity esperó a que hablara, a que la censurara, o la amenazara, pero se limitó a mirarla en silencio. Finalmente, cuando Chastity ya no podía aguantar más la tensión, sonó su teléfono móvil y la voz de Gabe fue apagándose a medida que se alejaba.

***

Chastity corrió, venciendo la resistencia del agua, hasta que se sumergió y buceó, dejándose envolver en el silencio que reinaba bajo la superficie. Asomó cuando necesitó tomar aire. Habría dado cualquier cosa por ser una sirena o un delfín, y nadar era lo que más le aproximaba a serlo.

Nadó con brazadas expertas hacia el interior de la bahía. Cuando llevaba recorridos unos cien metros, se giró para contemplar la orilla.

No podía dejar de preguntarse cómo podía haber cometido el error de aislarse con Gabe en aquel lugar durante una semana. ¡Cómo podía ser tan estúpida! Flotó sobre la espalda para relajarse.

Una cabeza de cabello oscuro se abrió camino en el agua a su lado. Chastity se hundió y tomó aire a bocanadas.

–¡No hagas eso! –se retiró el cabello de los ojos.

–Eres tú quien debe pensar lo que hace –dijo Gabe, indignado.

–Me has asustado.

–¿Y tú a mí, desapareciendo durante minutos bajo el agua y luego adentrándote en el mar? ¿No sabes que no es seguro nadar solo?

Chastity vio por debajo del agua sus hombros, sus brazos y sus piernas, que Gabe movía para mantenerse a flote, y se le pasó la absurda idea por la cabeza, por la que se amonestó inmediatamente, de que le gustaría tocarlo.

–El agua está tranquila y yo soy una buena nadadora –decidió que había llegado el momento de marcar algunos límites–. Puede que haya venido contigo, pero eso no te da derecho a darme órdenes.

–Tienes que cuidarte. Ya no estás sola.

El bebé. Chastity no estaba dispuesta a admitir que pudiera tener algo de razón, así que nadó en silencio y tan deprisa como pudo hacia un pontón de madera que flotaba en uno de los extremos de la bahía. Gabe no se quedó atrás, y tocaron la madera al mismo tiempo. Con un ágil movimiento, él se dio impulso y, girando, se sentó en el borde. Luego ayudó a Chastity. Sólo entonces se dio cuenta ésta del error que había cometido y se cubrió automáticamente el muslo con la mano.

–Es verdad que nadas muy bien –dijo él–. ¿Has competido alguna vez?

–Durante unos años –la natación le había permitido cambiar de vida. Gracias a ella había podido ir, con una beca deportiva, a la universidad.

–Las mujeres que conozco sólo nadan en piscinas y no se mojan el pelo.

Chastity sonrió y él se tumbó con las manos entrelazadas bajo la nuca. Ella contempló la línea de sus bíceps, el contorno de sus pectorales…, y de nuevo sintió la necesidad de tocarlo. Al ver que llevaba calzoncillos y no bañador dedujo que se había lanzado al agua tras ella sin tiempo para cambiarse. Miró hacia la orilla y confirmó su sospecha al ver un montón oscuro que debía ser su ropa.

Se echó a su lado. En el cielo flotaban algunas nubes aisladas y podía oír la respiración de Gabe a su lado. Giró la cabeza para mirarlo y vio que él la observaba. Sus miradas se encontraron y Chastity fue incapaz de apartar la suya mientras una vez más pensaba, horrorizada, cuánto le gustaría tocarlo. No comprendía qué le pasaba, y le espantaba imaginar cómo podría utilizar Gabe esa información si llegaba a conocerla.

Gabe se sentó, y al deslizar la mirada por sus muslos, frunció el ceño.

Chastity miró al punto en el que se veía el injerto de piel, y lo tapó instintivamente con la mano.

–¿Para eso usasteis el seguro?

El seguro de la compañía había cubierto los gastos de la operación.

–Si pensabas que era para un implante de mamas, estabas muy equivocado.

El silencio de Gabe le indicó que eso era precisamente lo que había asumido. Chastity estaba harta de que la conociera tan mal.

–Tuve cáncer de piel –no tenía por qué aclarárselo, pero quería ponerlo en su sitio.

–Lo siento. Tom nunca me lo dijo –dijo él sin disimular su sorpresa–. Siempre había pensado que tu perfección no podía ser del todo natural.

–¿Perfección? –¿Gabe pensaba que era perfecta?

–Cabello perfecto, rostro precioso, cuerpo espectacular... –dijo Gabe, despectivamente.

–¿Cómo consigues que lo que debería ser un halago suene a insulto?

–No es más que una observación. Estoy seguro de que lo sabes de sobra.

Su aspecto había sido tanto un regalo como una maldición. Chastity miró sus pies metidos en el agua.

–¿Y estás completamente recuperada? –preguntó él.

Chastity podía sentir su mirada fija en su muslo.

–Sí, pero para asegurarse, quitan mucha carne.

Gabe le retiró la mano y trazó el borde de la cicatriz con el dedo. Chastity se tensó. No soportaba su fealdad. Ni siquiera Tom se la había tocado. Sujetó la muñeca de Gabe y le apartó la mano.

–¿Te duele? –preguntó él.

–No. Es más bien una sensación de incomodidad.

–Lo siento, si pudiera, la besaría para sanarla.

Chastity lo miró desconcertada al tiempo que la tapaba con la mano. Con un rápido movimiento, él se la retiró y, agachándose, le besó la cicatriz con dulzura.

Capítulo Seis

Gabe se incorporó y Chastity se quedó mirando perpleja su perfil mientras él contemplaba el mar con expresión relajada, ajeno a la conmoción que su acción le había causado. Una sonrisa bailaba en sus labios.

–Me gusta –dijo–. No por lo que significa para ti, sino porque es real, humano.

–¿Creías que no era humana?

–No es fácil atravesar la capa exterior, vencer la resistencia.

–Puede que sea tímida y no sea más que una fachada –aunque no la creyera, era la verdad. Le costaba sentirse cómoda con la gente, y no porque no lo deseara.

No le sorprendió que Gabe riera, aunque se puso serio enseguida y la miró inquisitivamente. Chastity no quería ser objeto de su curiosidad

–¿Se nota la diferencia? –preguntó, para distraerlo.

–¿Entre qué y qué?

–Entre los pechos artificiales y los de verdad. Ya que eres un experto...

–Yo no diría que lo soy –dijo Gabe, sacudiendo la cabeza–. Además, un caballero no recuerda esas cosas.

–Pero tú sí.

–Claro, como no soy un caballero –Gabe alzó las manos y con una pícara sonrisa, añadió–: Quizá si me dejaras…

Bromear produjo un cambio radical en el Gabe severo e inflexible que Chastity conocía.

–Ni lo sueñes –dijo ella, manteniendo el tono divertido.

El problema era que ella sí era capaz de imaginar sus manos sobre sus senos, y tuvo que borrar la idea de su mente.

Guardaron silencio. Gabe apoyaba las manos en la madera, casi rozando las de ella.

–¿Las uñas? –preguntó él.

–También son mías –dijo ella, dándole un suave latigazo con ellas en el muslo.

Gabe le atrapó la mano.

–¿Y eres rubia natural?

–Nunca lo sabrás.

Chastity decidió parar aquel juego antes de que Gabe le hiciera reír u olvidar con quién estaba. Retiró la mano y compuso un entrenado gesto de frialdad con el que solía ahuyentar a los hombres, pero que no surtió ningún efecto en Gabe.

–¿Me estás retando? –preguntó con una media sonrisa.

–No, sólo es una afirmación –dijo Chastity, adivinando por la intensidad con la que él la miraba que su forzado aire de indiferencia no estaba funcionando.

Había olvidado cuánto le gustaban los retos a Gabe. Sobre todo si se veía ganador. No tenía sentido entrar en una batalla de poder con él.

Impulsándose con las manos sobre la madera, se sumergió en el agua y comenzó a nadar a braza, sin meter la cabeza para poder disfrutar de la vista. Gabe le dio alcance a las pocas brazadas.

–Hay un chef en el hotel –dijo, nadando a su lado. Chastity suspiró aliviada ante el cambio de tema–. Está supervisando la instalación de la cocina y da de comer a los trabajadores. Puedes comer en el comedor del restaurante o pedirle que te mande algo a la cabaña.

–¿Un chef? Debe estar entusiasmado cocinando macarrones para los trabajadores.

–Adam es amigo mío. Se lo ha tomado como unas vacaciones, y los trabajadores aprecian comer bien. Que trabajes con un martillo no significa que no disfrutes de una buena comida.

–Claro que no –Chastity nadó más rápido.

Le costaba creer que Gabe acabara de reprocharle su cinismo. Y lo peor era que tenía razón. Pero prefería enfadarse con él a reconocerlo. Le resultaba mucho más sencillo sentir animosidad hacia él que manejar las emociones, los anhelos, que había despertado en ella en el pontón.

Caminaron por la orilla hasta la ropa de Gabe y Chastity pasó de largo hacia su cabaña.

–¿Me puedes hacer un favor? –preguntó él.

–Depende de lo que sea –dijo ella, manteniendo la vista al frente.

–Avisarme cuando vayas a nadar.

Chastity habría querido negarse, pero se contuvo al percibir la ansiedad en su voz.

–Está bien.

–¿Lo prometes?
–Sí –accedió ella, encogiendo un hombro.

–¿Libros?

Gabe miró a Chastity mientras ésta alzaba la mirada del libro que estaba leyendo, acurrucada en un sillón, y se tomaba un momento para enfocar. La luz del atardecer se filtraba por la ventana junto a la que estaba sentada, pero apenas quedaba luminosidad para leer.

Gabe apoyó un hombro en el marco de la puerta.

–¿Eso era lo que llevabas en la maleta? –preguntó cuando no obtuvo respuesta de Chastity.

Ella miró hacia los libros que se apilaban sobre la mesilla de noche.

–Entre otras cosas –dijo encogiendo un pálido hombro, desnudo excepto por la tira del vestido blanco que llevaba.

El gesto no tenía nada de especial, pero algo había cambiado desde que Gabe la viera arrodillada en su jardín. Ya no pensaba en ella sólo como una fría cazadora de fortunas, sino como en una mujer vulnerable y fuerte a un mismo tiempo. Eso no significaba que hubiera abandonado el objetivo de conseguir los derechos que, como padre, le correspondían. Quería formar parte de la vida de su hija y viceversa.

–Necesito tener siempre un libro a mano –dijo ella, entre retadora y a la defensiva.

–Sólo vamos a pasar aquí una semana.

–¿Debería haber traído más por si llueve? –preguntó ella con un brillo malicioso en la mirada.

Gabe entró sin apartar la mirada de Chastity, y notó que el sol había bajado hasta casi ponerse a la vez que ella ponía los pies desnudos en suelo y se alisaba la falda. Al ver su reacción, Gabe pensó que tenía que curarla de aquella tendencia a querer salir huyendo. Tocó el primero de los libros y miró a Chastity como pidiendo un permiso que ella concedió con otro encogimiento de hombros, que Gabe, a su pesar, volvió a encontrar encantador.

Sostuvo el libro en la mano. Se trataba de una novela policíaca que le habían recomendado, pero que no había llegado a leer por falta de tiempo. Debajo había un par de novelas románticas, un libro de ensayos sobre política y, por último, el diario del embarazo que le había regalado.

–Una selección muy variada –comentó. Y bien distinta a los informes de finanzas que constituían su aburrida lectura.

–Nunca sé qué me va a apetecer –explicó ella.

–¿Y te apetece cenar?

Chastity recorrió las paredes en busca de un reloj, como si la hora pudiera determinar si tenía hambre o no.

–No hay relojes –dijo él–. Quiero que mientras la gente esté en el hotel, se olvide del tiempo.

–Se ve que funciona –dijo ella, poniéndose en pie–. Y sí, me apetece cenar.

Gabe la esperó en la puerta y Chastity agachó la cabeza al pasar a su lado, haciendo que se preguntara, una vez más, qué tendría que hacer para que su presencia no la pusiera a la defensiva.

En el tibio aire de la tarde, caminaron uno al

lado del otro por el camino que bordeaba el bosque. El sol, a punto de ponerse, teñía las nubes de rojo.

Sonó el teléfono de Gabe.

–¿Marco? –continuó caminando mientras hablaba, sin llegar concentrarse plenamente en la conversación.

En el momento en que colgaba, una preciosa paloma torcaz, con su característico batir de alas pausado, se adentró entre los árboles. Gabe y Chastity se detuvieron al unísono.

–¿Has visto adónde ha ido? –preguntó ella.

–Ahí –dijo él, señalando por encima de su hombro–. Se ha posado sobre aquel árbol. Debe querer los frutos.

Chastity entornó no los ojos, pero no lo vio. Gabe se colocó a su espalda para poder indicarle con el brazo la línea de visión, y aunque evitó tocarla, notó que se tensaba.

–Sobre la segunda rama, empezando por abajo.

También él se tensó al oler el aroma a cabello recién lavado de Chastity, y sintió el impulso de apoyar la cabeza en él.

–¡Ya la veo! –exclamó ella–. ¡Mira, hay otra!

Era él quien debía vencer su resistencia y no al revés. ¿Hasta qué punto estaba Chastity fingiendo? La mujer que había vivido con su hermano era una reina de la vida social. Las fotografías de ella y Tom habían aparecido regularmente en las páginas de las revistas del corazón. Habían sido el prototipo de la sofisticación: veraneaban en las islas griegas, asistían a inauguraciones de exposiciones en París, a óperas en Roma. Y sin embargo, allí estaba Chastity, entusiasmada por haber visto un pájaro en libertad.

Ella miró por encima del hombro y al verlo observándola, frunció el ceño y echó a caminar. Él aceleró el paso para alcanzarla

—El macho y la hembra incuban el huevo. La hembra por la noche y por la mañana; el macho por la tarde.

—No eres demasiado sutil, ¿no te parece? —dijo Chastity.

—¿Qué quieres decir?

—¡No te hagas el inocente! *Los papás compartiendo la cría...*

—Pero es una realidad.

—Me da lo mismo —Chastity miró en otra dirección.

Pero si creía que iba a ser así de sencillo, se equivocaba. Gabe posó la mano en la parte baja de su espalda al entrar en el comedor. Tampoco se trató de un mensaje especialmente sutil: no iba a permitirle que se aislara de él. Necesitaba que se acostumbrara a su presencia y a la electricidad que había entre ellos, porque lo quisiera o no, él formaba parte de su futuro. Y además, necesitaba que Chastity dejara de sentirse amenazada para que dejara de buscar significados ocultos en todo lo que decía o hacía. Incluso aunque los hubiera. Y por unos segundos, al ver que Chastity ni se alejaba de él ni se tensaba, creyó que estaba haciendo avances. Pero al instante vio que torcía el gesto al ver a los seis hombres que ocupaban una de las mesas. A Gabe no le importó: prefería ser la mejor opción entre dos males. Era capaz de aprovechar cualquier circunstancia a su favor.

Gabe alzó la mano hasta su hombro con la intención de darle un apretón tranquilizador, pero no había calculado el efecto que su piel de terciopelo tendría sobre él. Evidentemente, ella no era la única que tenía que acostumbrarse a la corriente que se transmitía entre ambos, y para protegerse de ella, Gabe volvió la mano a su espalda, donde al menos la tela del vestido servía de barrera.

–Son buena gente –le dijo al oído, animándola con una presión en la espalda. Chastity sacudió la cabeza, su rubio cabello acarició sus hombros y cuando alzó la barbilla, su rostro había sufrido una transformación. Todo rastro de inseguridad había desaparecido para ser sustituido por la Chastity de las páginas de sociedad, sofisticada y elegante. Y eso no impidió que Gabe siquiera deseando tocarla.

Los hombres habían alzado la mirada y los miraban. La miraban. Gabe sabía que era a ella a quien miraban porque los hombres no solían olvidarse de masticar cuando era a él a quien miraban.

Dave, el capataz, saludó con un movimiento de cabeza y se puso en pie. Chastity pareció flotar sobre el suelo al acercarse a la mesa.

–Chicos, estáis haciendo un trabajo fabuloso en este lugar.

Y los seis hombres empezaron hablar al unísono para explicarle lo que hacían. Gabe observó la escena fascinado y, no podía sino reconocerlo, admirado. Aquella mujer podía cautivar a quien y a cuantos se propusiera.

Tras unos minutos, Gabe la condujo hacia una

mesa contigua, antes de que los hombres hicieran hueco para invitarla a sentarse con ellos.

Adam les llevó la comida. Gabe esperaba la ensalada de cordero que los demás estaban comiendo y comprobó con horror que su chef parisino ponía delante de Chastity un plato de macarrones con queso. Aunque había compartido con él el comentario que Chastity había hecho, Adam era un genio de la cocina, que no se dejaba afectar por nada ni por nadie. Chastity frunció el ceño antes de soltar una sonora carcajada. Alzó la mirada hacia Adam, que sonrió de oreja a oreja.

Lo último que Gabe esperaba era que Chastity se pusiera en pie y se fundiera en un abrazo con su chef. Un abrazo que, en opinión de Gabe, duró demasiado.

Finalmente, Chastity dio un paso atrás sin dejar de sonreír y mirando a Adam de arriba abajo sacudió la cabeza.

–¡Caramba, mírate!

Gabe decidió mirarlo para ver qué le hacía sonreír con tanta admiración. Él sólo veía a Adam, mestizo maorí, con un aspecto un poco canalla, el cabello demasiado largo recogido en una coleta, un pendiente de oro y un tatuaje en el bíceps que una camiseta sin mangas dejaba a la vista. Gabe suponía que a algunas mujeres les podía resultar atractivo aquel aire salvaje, peo nunca hubiera imaginado que Chastity pudiera ser una de ellas.

–¡Caramba, mírate *tú*! –dijo Adam, tirándole de un mechón de cabello suavemente–. Si Gabe no llega a decirme cómo te llamabas no te habría reconocido como la flacucha del pelo verde por culpa del exceso de cloro. Claro que el comentario de los macarrones con queso también me dio una pista.

–Trae una silla –dijo Gabe–. Se ve que tenéis mucho que contaros –prefirió no cuestionarse el alivio que sintió al darse cuenta de que se conocían del pasado y, lo que era aún más importante, que hacía años que no se veían. Incluso podía ser una buena oportunidad para averiguar cosas de Chastity.

–Lo siento, pero no puedo –Adam señaló la cocina con la barbilla–. Tengo tarea –fue a tomar el plato de Chastity–. Ahora te traigo la cena.

Chastity lo asió con fuerza.

–¡Ni hablar!

Adam sonrió y volvió a tirarle del pelo.

–¿Nos vemos mañana?

–Claro.

Chastity observó a Adam marcharse mientras Gabe observaba la expresión de dulce melancolía con la que lo miraba. Cuando se volvió lentamente hacia él, la expresión se borró de su rostro y con una leve sacudida de cabeza volvió a ser Chastity la Reina de las Páginas de Sociedad. Gabe quería llegar a conocer a la otra.

Chastity probó una cucharada colmada de la pasta y volvió a sonreír. Alzó la cabeza y vio que Gabe la miraba.

–Adam y yo crecimos en el mismo sitio. No lo pasó bien. La gente siempre esperaba lo peor de él y de su familia –explicó Chastity con una actitud levemente desafiante. Luego miró hacia la bahía que quedaba a la espalda de Gabe y rió con amargura–.

Y Adam se esforzaba por no desengañarles. Aunque es más joven que yo siempre se hacía el mayor y el fuerte. Un día lo encontré en la playa. Le habían dado una paliza. Yo también estaba pasando una... mala época. Los dos queríamos huir de aquel lugar y forjarnos un futuro de provecho.

–Se ve que lo conseguisteis.

–Supongo que sí.

Continuaron charlando a lo largo de la cena. Gabe intuyó que debía evitar los temas personales. Chastity parecía cómoda, pero daba la sensación de medir cada una de sus palabras. Y cada vez que se reía por algo que Gabe decía, éste se sentía exultante.

Cuando acabaron, charlaron brevemente con los trabajadores antes de salir y caminar, de acuerdo tácito, hasta la orilla del agua. La luna llena proyectaba sombras y se reflejaba sobre la bahía.

–¡Qué belleza! –exclamó Chastity.

Pero Gabe estaba más fascinado por cómo su cabello rubio atrapaba la luz. Chastity se quitó las sandalias y colgándolas de un dedo, caminó por la orilla hacia su cabaña, recogiéndose la falda. Gabe caminó a su paso por la arena seca, contemplándola, deseando conocerla, queriendo descubrir a la mujer con la que estaba tratando.

–¿En qué pueblo crecisteis Adam y tú?

–Uno completamente desconocido –dijo ella, sin mirarlo–. Un pueblo pequeño de mente pequeña. Al menos en aquel entonces.

–¿Ahora es distinto?

–No sé. Me fui con diecisiete años.

−¿Y no has vuelto?
−No.
−¿Y tu familia?
−No tengo nada que decir al respecto.

−Un pueblo que no conozco, una familia de la que no quieres hablar. ¿Puedes ser un poco más precisa?

Chastity se detuvo y se volvió para mirarlo, airada.

−Muy bien: una madre, muerta hace seis años. Dos hermanastras. No hay ni enfermedades ni deformidades genéticas en la familia de las que debas preocuparte. Todos nuestros vicios son por elección. No conocí a mi padre porque nos abandonó cuando yo tenía unos meses. ¿Te parece bastante?

−La verdad es que no. ¿Te llevas bien con tus hermanastras?

−Si lo que quieres saber es si las he visto desde el funeral de mi madre, la respuesta es: no.

−¿Así que no tienes a nadie?

−Sé cuidar de mí misma.

−No me refiero a eso −¿qué ocultaba Chastity tras aquella arisca actitud?

El rostro de Chastity se ensombreció.

−Tuve a mi abuela hasta hace algo menos de un año. Era una mujer maravillosa −y a continuación, como si se arrepintiera de haberle dejado saber que alguien le importaba, Chastity alzó la barbilla y dijo, retadora−: ¿Algo más?

−Sí. ¿Pesa mucho el complejo con el que cargas?

Chastity hizo una pausa.

−Sólo me acuerdo de él cuando un niño rico y privilegiado me mira con aires de superioridad y me hace preguntas porque me juzga por el lugar del que procedo.

—¿A qué te refieres? —Gabe no comprendía, pero intuía que Chastity hablaba de viejas cicatrices—. Yo no juzgo a nadie por su procedencia ni por su pasado. De hecho, me gusta pensar que ni siquiera juzgo.

El silencio de Chastity habló por sí mismo. Dio media vuelta y caminó enérgicamente, salpicando agua.

—¡Espera! —a Gabe no le sorprendió que no lo hiciera. Se quitó los zapatos y, dándole alcance, la sujetó de la mano—. ¿Qué he dicho o hecho para que creas que te juzgo?

Chastity siguió caminando.

—Nada —dijo, sin mirarlo—. Es lo que hace la gente. Sobre todo las personas de familia rica. Me marché porque no quería ser juzgada por mi familia —intentó soltarse, pero Gabe le apretó la mano.

—A nadie le gusta ser juzgado por su familia. Adam me ha hablado de la suya. Sé que tuvo una infancia dura, y he conocido a algunos de sus familiares, pero nunca he pensado que su familia lo definiera.

—Puede que no, pero es lo que hace la mayoría de la gente.

¿Se habría dado cuenta de que había curvado los dedos alrededor de los de él?

—¿Así que crees que es mejor ser un esnob niño rico, tal y como me has descrito, que una mujer de una familia pobre que ha conseguido forjarse una vida? —Gabe se preguntaba cuántos obstáculos habría tenido que superar para llegar adonde estaba.

–Desde luego que sí –Chastity se detuvo y lo miró de frente–. Y aunque no lo creas, claro que juzgas. Todo el mundo lo hace.

En ese momento era pura energía y Gabe se dio cuenta de que quería besarla, cubrir sus labios con los suyos, absorber su sabor, tocarla, estrecharla con fuerza contra sí.

¿Por qué tenía aquella mujer ese poder sobre él? Debía tratarse de un hechizo, estaba bajo los efectos de una pócima.

Le soltó la mano bruscamente para ver si romper el contacto físico le devolvía la razón. Estaba furioso consigo mismo por su debilidad; furioso con ella.

–Puede. Pero si juzgara a alguien sería basándome en evidencia sólida, en mi propia relación con esa persona y en sus actos. Como el hecho de que se casara con un hombre por dinero o se interpusiera entre éste y su familia –las palabras habían sido finalmente pronunciadas, no había manera de borrarlas.

Gabe esperó a que Chastity se defendiera o negara las acusaciones, pero ella, irguiéndose, se limitó a decir:

–No estoy dispuesta a mantener una conversación que no conduciría a nada.

Gabe se quedó perplejo. ¿Eso era todo? Se sintió decepcionado. Si Chastity hubiera dicho que se había casado con Tom por amor no la habría creído, pero había albergado la esperanza de que al menos ella hubiera llegado a convencerse a sí misma de que era verdad. Gabe habría preferido la pretensión de verdad al silencio del reconocimiento.

Caminaron hasta la cabaña como dos extraños que siguieran el mismo camino. Al acercarse a la puerta, Chastity miró hacia Gabe sin cruzar su mirada con la de él.

–Buenas noches –dijo, fría y distante, sin mostrar huella de arrepentimiento.

Luego entró precipitadamente, ocultándose a la noche.

Capítulo Siete

Chastity oyó la voz de Gabe antes de verlo. Su plan de colarse en la cocina y charlar con Adam, evidentemente, había fracasado. Y cuando alzó la vista, le costó creer lo que veía. Gabe y Dave estaban subidos a un andamio, inspeccionando el tejado.

Chastity apartó la mirada de un Gabe en vaqueros ajados, con un cinturón para herramientas colgado de las caderas, y siguió caminando. Había planeado evitarlo todo el día, y había pasado la mañana leyendo. Como el tiempo había empeorado había decidido no ir a nadar, con lo que también evitaría la necesidad de comunicarse con él.

La noche anterior había estado tan ansiosa por reprimir las extrañas emociones que despertaba en ella que ni siquiera se había molestado en defenderse de sus acusaciones, pero no se sentía lo bastante fuerte como para soportar otro envite.

–¡Chastity! –la llamó Dave a su espalda–. ¿Ya es hora de comer? Espere, iremos juntos.

Chastity no tuvo opción, así que esperó a que los dos hombres bajaran del andamio.

Gabe jamás creería la verdad: que se había casado con Tom porque acababa de perder a la única persona de su familia con la que sentía un verdadero vínculo, porque estaba sola, porque no creía que fuera a encontrar nunca el verdadero amor. Tom era amable y cariñoso, y había sido sincero respecto a sus motivaciones para casarse. Pero Gabe tampoco la creería si se lo contaba.

Gabe bajó al suelo de un salto.

—Adelantaos. Yo voy por los chicos —dijo Dave, desapareciendo.

¡Qué suerte! Gabe llegó a la altura de Chastity y caminaron juntos. Tendrían que olvidar la animosidad del día anterior y el extraño calor que la había precedido. Era un nuevo día y, con un poco de suerte, podía ser un día neutral.

—Cuando me dijiste que ibas a trabajar no pensé que te referías a esto.

Gabe la miró con aspecto relajado.

—¿A trabajo físico?

—Exactamente.

—¿Me estás juzgando, Chass?

Así que Gabe no quería olvidar la noche anterior. Pero había hablado con una sonrisa y con expresión divertida. Quizá como ella, empezaba a dejar el pasado atrás.

—Se ve que sí.

—La verdad es que yo mismo no lo sabía —la sonrisa de Gabe se amplió y alcanzó un lugar en el corazón de Chastity—, pero el abogado ha cancelado la cita que teníamos prevista y como a Dave le faltaba un hombre... —se encogió de hombros.

—¿Sabes qué hacer con un martillo?

—Lo bastante. Durante las vacaciones de verano

solía trabajar como voluntario en una ONG que se dedicaba a la construcción.

A Chastity no le costó imaginarlo y al mismo tiempo pensó en lo distinto que era a Tom.

–Tom no sabía ni cómo sujetarlo.

–No era su estilo.

Chastity rió.

–Desde luego que no. Llamaba a un técnico para cualquier reparación. Más de una vez tuve que pararlo porque yo misma podía hacer el arreglo.

–¿Tú?

–¿Quién juzga a quién ahora?

–Tenemos que hacer un esfuerzo para volver a empezar, ¿no crees?

–O al menos para librarnos de prejuicios.

–Es posible –tras varios pasos, Gabe continuó–: Puede que trabajar me sirviera para pasar menos tiempo en mi casa.

¿Era ésa una manera de admitir que también a él le afectaba una vida familiar que Tom había encontrado asfixiante?

–Por lo que sé, Tom resolvió ese problema dedicándose a la vida nocturna.

–Algo así –Gabe seguía esbozando una sonrisa cuando abrió la puerta del comedor y la dejó pasar.

Chastity le sonrió a su vez, pensativa.

–Era tan fácil quererlo…

En cuanto Gabe la miró con gesto adusto, se arrepintió de haber dicho aquello y vaciló. A él, en cambio, debía ser imposible conocerlo y amarlo.

Gabe esperó, sujetando la puerta sin dejar de mirarla. Ella tomó aire y pasó a su lado.

Comieron en silencio, como si su comentario hubiera acabado con cualquier posible conversación. Chastity dejó el tenedor en el plato.

–¿Y si no hubiera sido yo?

–¿Qué quieres decir?

–¿Y si no hubiera sido yo quien rompió vuestra familia?

Gabe la miró fijamente.

–¿Quieres decir que no lo fuiste?

Chastity pensó que no debía haber dicho lo que pensaba, pero ya que lo había hecho, tenía que continuar.

–Digo que echarme la culpa a mí es una magnífica excusa –Tom había hecho lo posible por evitar a su familia usándola a ella como excusa. Y cuando Chastity lo descubrió, no puso ningún obstáculo. No daba la impresión de que su familia se viera particularmente afectada. Al menos hasta que Tom murió–. Erais adultos y tomasteis vuestras propias decisiones. Pero es más fácil echar la culpa a un tercero. No puedes culpar a Tom porque está muerto, y no queréis culparos a vosotros mismos porque eso significaría aceptar vuestra responsabilidad. Así que me culpáis a mí.

–¿Qué teníamos que pensar cuando Tom no venía a cenar porque tú habías hecho otros planes, o porque no te encontrabas bien, hasta que fue evidente que no eran más que excusas?

–¿Y crees que lo intentasteis de verdad? ¿Crees que no resultaba insultante que invitarais sólo a Tom? ¿Lo culpas por ser leal a su mujer? ¿Cuánto te esforzaste tú personalmente para ver a Tom fuera del trabajo, para intentar comprenderlo?

–¿Qué había que comprender? Tenía un gran trabajo, una vida magnífica. Y te tenía a ti.

Se miraron con expresión retadora en silencio. Había tantas cosas de Tom que obviamente Gabe no comprendía. Y ya era tarde. Pero lo que más desconcertó a Chastity fue su última frase: *Y te tenía a ti.* Como si que Tom la tuviera despertara la... envidia de Gabe.

Los trabajadores entraron en aquel momento, discutiendo y bromeando. También llegó Adam y exigió sentarse junto a Chastity. Ella, sintiendo que por fin tenía un amigo que la protegería de Gabe, se volvió hacia él y le suplicó que le contara anécdotas de sus años en Londres y en el resto del mundo.

Cuando aterrizó el helicóptero, Gabe se disculpó y salió.

Mientras la conversación fluía animadamente a su alrededor, Chastity observó a Gabe acercarse a dar la bienvenida a su trajeado abogado y le resultó irónico que, a pesar de su informal indumentaria, fuera evidente que Gabe era quien tenía el poder.

También reflexionó sobre la fascinación que ejercía sobre ella y la forma en que la afectaba a muchos niveles. No podía dejar de preguntarse si, de haber sido las circunstancias distintas... Ocupaba sus pensamientos, deseaba mirarlo, tocarlo. Hacía unos minutos, al pasar a su lado, hasta había tenido el absurdo impulso de apoyar la cabeza en su pecho y aspirar su aroma.

Pero nada había cambiado y aquellas ideas, se dijo, sólo podían ser fruto del conocimiento de que llevaba su hijo en el vientre. Tal vez el apetito que sentía por Gabe era otra manifestación del apetito que sentía por alimentar a su hijo.

¿Apetito por Gabe? Se habría dado de cabezazos contra la mesa.

—¿Me equivoco o te pasa algo con Gabe?

Sobresaltándose, Chastity se volvió hacia Adam, del que prácticamente se había olvidado.

—Me pasa algo, pero no sé ni qué es ni qué hacer al respecto.

—Te comprendo perfectamente.

—¿Tienes problemas sentimentales?

Adam asintió con la cabeza y preguntó a su vez:

—¿Y tú?

—Como de costumbre —dijeron los dos al unísono.

—Pero esta vez no se trata de algo de lo que pueda salir huyendo —dijo Adam.

Chastity volvió la mirada hacia Gabe. El abogado y él cruzaban por delante del comedor y Gabe miró en su dirección como si sintiera sus ojos clavados en él. Aquel hombre era el padre de su hija y ése era un hecho del que no podía huir.

—Yo tampoco.

Gabe miró a Chastity desde el otro lado de la mesa. El sol del atardecer iluminaba su cabello mientras ella terminaba el salmón y dejaba los cubiertos alineados sobre el palto. No la había visto en toda la tarde y había accedido a cenar con él a regañadientes. Apenas habían hablado, y sin embargo, cada vez que se comunicaba con Adam o con Dave, dejaba atisbar otra persona, alguien relajado y divertido, con una sonrisa luminosa.

Llevaba un top blanco con incrustaciones de pedrería y un escote generoso pero recatado.

Chastity barrió el comedor con la mirada, saltándose a Gabe, y dijo:

–Creo que es hora de que me retire a mi cabaña –se puso en pie y al ver que Gabe la imitaba, dijo automáticamente–: Tú te quedas.

Gabe sacudió la cabeza.

–Te acompaño.

Gabe vio que iba a protestar, pero ella cambió de idea y se limitó a encogerse de hombros con un despectivo aire de «haz lo que quieras».

Sonó el teléfono de Gabe y mientras contestaba la llamada, Chastity se escabulló.

Pero la llamada fue breve y Gabe le dio alcance. Chastity se había dirigido hacia la orilla y caminaba por el agua con las sandalias en la mano.

–He estado pensando en lo que has dicho al mediodía sobre tu responsabilidad en el distanciamiento entre Tom y su familia.

–Yo también he pensado en ello, y lo siento. Siento que te perdieras los dos últimos años de vida de Tom.

–¿Quién eres verdaderamente? –Gabe dijo lo que se le pasó por la mente. Chastity era un enigma; a veces confirmaba lo que pensaba de ella y al minuto siguiente, lo contradecía.

Ella se detuvo y lo miró.

Cuanto más tiempo pasaba con ella, menos tenía la sensación de conocerla. Era como dar un paso adelante y dos atrás, como moverse sin llegar a ninguna parte. ¿Era posible que confundiera inseguridad y confusión con frialdad y distancia? Hacía apenas unas semanas tenía claro que era la típica mujer de sociedad, mucha apariencia y ninguna sustancia. Pero empezaba a pensar que eso era lo que ella quería que creyera. ¿No podía ser ésa la razón de que la noche anterior no se hubiera molestado en defenderse? Las piezas no encajaban. ¿Cómo se podían dar en la misma persona su amistad con Sophie, el amor por la lectura, por la natación y por pasear descalza, con la sofisticada mujer de ciudad?

–¿Cómo que quién soy? –Chastity se puso inmediatamente a la defensiva, algo que Gabe quería evitar a toda costa.

–Nada –tenía que ser más sutil. Observar y esperar a que la verdadera persona aflorara.

–Pues yo tengo una pregunta. ¿Quién eres *tú*? ¿Te obsesiona tanto el trabajo como parece y como Tom solía decir?

Gabe reflexionó un instante.

–Sí –era la respuesta más honesta–, pero porque quiero. Podría optar por hacer otras cosas, pero el trabajo me estimula –aunque, si era sincero, en los últimos tiempos no sentía la misma satisfacción que en el pasado–. Eso cambiará cuando sea padre.

Chastity chasqueó la lengua desdeñosamente.

–¿De verdad crees que quieres jugar a hacer de papá?

–No va a ser ningún juego.

Chastity continuó caminando.

–Me cuesta imaginarte en el personaje.

Gabe se acercó hasta que estuvieron prácticamente hombro con hombro.

–A mí no. Últimamente he pensado mucho en ello.
–¿Y?
–Y me he dado cuenta de que quiero tener hijos, aunque nunca me lo había planteado porque no he conocido a la mujer adecuada. Me imagino haciendo castillos de arena y caminando por la playa con una mujer, con un niño de la mano entre ambos.

Chastity guardó silencio unos segundos mientras caminaban lentamente.

–Faltan muchos detalles en esa imagen.
–¿Por ejemplo?
–Que piensas en una escena idílica y te olvidas de los pañales, de las noches en vela, de las enfermedades.
–Soy muy realista y sé todo eso. Pero eso no significa que quiera concentrarme en ello. Tampoco creo que tú lo hagas. Seguro que piensas en abrazos, en gorgoritos y en besos de mariposa.
–Puede que sí –admitió Chastity–. Pero ¿qué me dices de la mujer? ¿Y si no encuentras a nadie?
–Lo haré solo. Pero espero encontrar una esposa en algún momento.

Chastity frunció el ceño con una expresión que Gabe no supo interpretar.

–¿Hay alguien? –preguntó ella como si se lo planteara por primera vez–. ¿Sabe algo de esto?
–Por el momento, no. Pero está en mi lista.
–¿En tu *lista*? –Chastity dejó escapar una sonora carcajada–. ¿Entre «comprar otro hotel» y «recoger el traje de la tintorería»? ¿Has decidido que cuando llegues al número seis de tu lista mirarás a tu alrededor y encontrarás a la mujer perfecta esperándote?

–No quería expresarlo así.

–No, pero seguro que se parece mucho a la realidad. Yo he visto a las mujeres con las que sales y no creo que les divierta que una niña les robe tiempo y atención.

–Ése no es el tipo de mujer con el que voy a casarme.

–Sólo son las mujeres con las que te acuestas.

Gabe se pasó las manos por el cabello con desesperación.

–Malinterpretas todo lo que digo.

–Tú me lo pones fácil.

–No tienes ni idea de cómo son las mujeres con las que salgo.

–Aparte de que se hacen la cirugía estética –Chastity se llevó las manos a los pechos y los elevó con gesto de burla–. Y recuerda que conocí a Amber, la mujer que no se mojaba el pelo.

–Era oncóloga.

–¿De verdad? –preguntó Chastity, mostrando tal sorpresa que Gabe se sintió mal por engañarla.

–No, era modelo de lencería.

–¿De verdad? –Chastity pareció intrigada.

–No, lo siento, sólo bromeaba.

Chastity desvió la mirada.

Gabe le pasó el brazo por los hombros diciéndose que lo hacía amistosamente.

–¿Eres siempre tan crédula?

–Casi siempre. Es un fallo –Chastity relajó los hombros y Gabe se sintió incapaz de bajar el brazo. Apenas pudo contener el impulso de acariciarle la piel desnuda.

–Es un fallo muy encantador.

Chastity lo miró con dulzura.

–¿Y la mujer de tus sueños a qué se dedica?

–Es profesora de guardería.

Chastity volvió a reír y Gabe, de un rápido movimiento, la obligó a girar, inclinándola hacia atrás hasta que lo único que impedía que tocara el agua fueron sus brazos, uno sujetándola por los hombros y el otro, por la cintura.

–¿Te sigue pareciendo divertido? –su mirada se encontró a unos centímetros de los ojos de ella, en los que seguía bailando la risa. Gabe desvió la mirada hacia sus labios. Y por un instante su único deseo fue besarla, perderse en ella, olvidar todo excepto aquel instante en el que no había nada fraternal ni amistoso, sino algo pulsante y cargado de electricidad.

Devolvió a Chastity a la posición vertical, la soltó y caminó lentamente, como si no hubiera sucedido nada, como si su mundo no acabara de ser trastocado. Deseaba a Chastity Stevens. Deseaba perderse en su interior. Y ese deseo sólo podía conducirle al desastre.

Chastity llegó a su altura.

–¿De verdad que quieres una profesora de guardería?

Gabe intentó recuperar la calma, aplastar aquellos erráticos y sensuales pensamientos.

–No necesariamente. Sólo era un ejemplo. Alguien amable y cariñoso en quien poder confiar.

–¿Y qué iba a querer una mujer así con Don Inflexible Adicto al Trabajo, aparte de su dinero? ¿Cuándo vas a encontrar tiempo para esa perfecta mujer?

–Lo buscaré.

–Hasta ahora, y tienes treinta y cuatro años, no lo has conseguido.

–No lo he necesitado.

–No es tan fácil parar.

–Puedo hacerlo cuando quiera.

–El mundo seguirá girando aunque tú te pares.

–Lo sé perfectamente, gracias –sonó su teléfono y Gabe apretó los puños para no contestar.

–Si eso es verdad, dame el teléfono.

–No –saltó el contestador.

–¿Por qué no?

–Tengo que estar localizable.

Chastity sonrió con aire de superioridad.

–¿Cuándo fue la última vez que te tomaste vacaciones o que estuviste separado de tu teléfono más de una hora?

–Esta conversación es una tontería. Crees que me conoces, pero te equivocas.

–Lo mismo digo –dijo ella en voz baja. Luego alzando la voz, añadió–: Así que construyes este maravilloso hotel para que la gente se relaje, sin relojes, sin periódicos, con el mar a la puerta de sus cabañas para que disfruten de los placeres de la vida, y tú eres incapaz de disfrutarlos.

–Éste no es un buen momento –Gabe era consciente de la fragilidad de su excusa.

Chastity puso los ojos en blanco. Acababa de darle la razón.

–Los niños no esperan a que sea un buen momento para necesitarte. Demuéstrame que eres capaz. Dame el teléfono. Pasa un día sin él. Prueba que puedes.

Gabe no sabía cómo habían llegado a aquella situación, pero comprendió que Chastity estaba poniéndolo a prueba como padre.

Sacó el teléfono del bolsillo y tras mirar quién había llamado, lo apagó y se lo dio. La sorpresa que vio en los ojos de Chastity casi llegó a compensarlo. No había creído que fuera capaz de hacerlo.

–Si no tengo teléfono ni trabajo, ¿qué piensas hacer tú?

–Asegurarme de que no haces trampa.

–No es bastante. Tienes que quitarte el disfraz, el maquillaje, la ropa de marca –Chastity abrió los ojos desmesuradamente, sorprendida y desconcertada a un tiempo–. ¿No se trata de que alcancemos la simplicidad? –al ver que Chastity formaba con los labios un «no», Gabe se adelantó–: ¿O es que no puedes? –preguntó, retador.

Y no sólo porque quería equilibrar el reto, sino porque ansiaba descubrir a la persona debajo del glamour, a la mujer que Chastity sólo dejaba atisbar ocasionalmente.

–Claro que puedo, pero…

–Muy bien. Tenemos un trato –Gabe no iba a dejar que se echara atrás–. ¿Qué vamos a hacer tú y yo juntos?

La miró creyendo que vería el temor reflejado en su mirada, pero tras una vacilación inicial, Chastity pasó a la ofensiva.

–Empezarás durmiendo más que de costumbre y haciendo que te lleven el desayuno al porche.

–No hay servicio –dijo él apuntando con satisfacción el primer fallo del plan.

–Te lo llevaré yo –dijo ella, sonriendo son sarcasmo–. Desayunarás tranquilamente, disfrutando del café y de cada alimento que te lleves a la boca mientras contemplas el mar y escuchas el piar de los pájaros.

–¿Y tú estarás conmigo?

–Claro. Tendré que confiscarte el portátil para que no hagas trampas.

–¿Y después?

–Nada. La idea es que no programes tu tiempo. Haremos cosas, pero improvisaremos –Chastity hizo uno de sus encogimientos de hombros–. Puede que nademos o que demos un paseo. O puede que no hagamos nada. No me mires con esa cara de horror. Si piensas ocuparte algunos días de *mi* hija, tienes que prepararte para no conseguir hacer nada, días en los que conseguir afeitarte por las mañanas puede que sea toda una victoria.

–No creo que sea para tanto.

–¿Has pasado alguna vez tiempo con un niño?

–No.

–Entonces, empecemos mañana mismo.

–De acuerdo.

Chastity hizo una pirueta y la falda voló a su alrededor, dejando a la vista sus piernas largas y esbeltas.

–Hasta mañana. Iré a verte con el desayuno.

–¿A qué hora?

Chastity rió.

–Esto va a matarte.

Capítulo Ocho

Chastity dejó la bandeja del desayuno sobre la mesa del porche y llamó a la puerta de la cabaña de Gabe convencida de que había caído en su propia trampa. Además de comprometerse a pasar el día con él, ni siquiera tendría la protección de su maquillaje y de la fachada exterior que la ayudaba a sentir menos vulnerable.

–Está abierta.

Chastity no pensaba entrar en la cueva del león.

–Te espero aquí fuera.

Unos segundos más tarde se abrió la puerta. El sol iluminó el torso desnudo de Gabe, los bóxers negros que le colgaban de las caderas y su rostro soñoliento con el cabello alborotado. Chastity tragó saliva.

–¿De verdad has estado en la cama hasta ahora o llevas horas trabajando en secreto?

Gabe se echó a un lado para que pudiera ver la cama deshecha.

–Si quieres puedes comprobar que está todavía caliente.

–No, gracias.

Gabe observó su rostro limpio, la camiseta holgada sobre unos pantalones cortos y las chancletas.

—Me gusta el conjunto.
—Gracias —dijo Chastity, mirando al suelo.
Gabe le tocó con los nudillos la barbilla para que lo mirara.
—¿Qué hay para desayunar? Me muero de hambre.
Por unos instantes, se miraron en silencio y Chastity sintió una oleada de calor. Se echó a un lado para que viera la bandeja y Gabe se acercó a la mesa.
La consciencia de que llevaba al bebé de Gabe en sus entrañas era como un eco que no se apagaba, y, de no implicar una serie de complicaciones que no podía ignorar, tenía que admitir que le alegraba. Intentaba convencerse a sí misma de que era por motivos completamente primarios, como el hecho de que, sólo a un nivel físico, Gabe representara la perfección.
—¿Todo bien? —preguntó él, sentándose.
—Perfectamente.
—¿Café? —Gabe alzó la cafetera.
—No, gracias. Tengo una manzanilla.
—¿Vas a sentarte o no?
Chastity seguía de pie, con una mano apoyada en el marco de la puerta. Apretó los dientes y fue a sentarse. Gabe le pasó un plato con melón.
—¿Te pasa algo?
Chastity no podía pedirle que se pusiera una camisa sin romper las normas que ella misma había impuesto sobre cómo debía transcurrir el día, pero lo cierto era que su desnudez la distraía.
—No —tomó una rodaja de melón y la mordió. Al levantar la cabeza, vio que Gabe la observaba—. ¿Qué pasa?

–Tienes una piel maravillosa –dijo él, como si le sorprendiera.

–Gracias.

–No necesitas usar maquillaje.

–Pero me gusta.

–¿Qué intentas ocultar?

–No le des más significado del que tiene –dijo Chastity, aunque en realidad estaba avisándole de que no hurgara en su vida. Quería mantener las barreras elevadas contra él y para ello habría deseado correr a su cabaña y pintarse para protegerse tras una fachada que le daba seguridad.

–Me gustas más así –dijo él, encogiéndose de hombros.

Reposaban en unas hamacas en el porche. Gabe estaba completamente enfrascado en la lectura de la novela policíaca que Chastity le había dejado. En cambio, la novela que ella había elegido no le resultaba entretenida, en parte porque el hombre que tenía a su lado representaba una continúa distracción, y eso que después de desayunar, se había puesto unos pantalones y un polo.

–¿Vamos a bucear? –preguntó Chastity, dándose por vencida.

Gabe tardó unos segundos en levantar la cabeza.

–Perdona, ¿has dicho algo?

–Adam dice que la playa de la bahía de al lado es magnífica, y me gustaría recoger algunas caracolas para Sophie.

–La verdad es que… –Gabe vio que Chastity apenas había leído unas pocas páginas de su libro–. ¡Vale, es una buena idea!

Las cosas no estaban saliendo de acuerdo a lo planeado. Era Gabe el que debía ponerse nervioso al pasar un día de forzada inactividad, pero fue ella la que saltó de su hamaca y abandonó el libro, mientras que él se desperezaba, cerraba el suyo cuidadosamente y lo dejaba en el suelo.

Gabe observó a Chastity, que dejaba la cucharilla de postre sobre el plato. Le encantaba el placer que obtenía de la comida. En los últimos días se había fijado que con el primer bocado, cerraba los ojos para dedicar toda su atención a los sabores.

Ella alzó la vista y vio que la observaba.

–¿Qué tal te sientes sin el móvil? –preguntó.

–Muy bien –dijo él. Y no mentía. El único problema era sentirse en constante alerta físicamente. Por lo demás, no recordaba la última vez que había pasado un día tan relajado, ni con una mujer con la que se sintiera tan cómodo.

Había sido Chastity quien necesitó tiempo para relajarse, y no lo había conseguido hasta que fueron a pescar. Sólo entonces había dejado de estar en tensión, y habían podido charlar sentados en el muelle. A Gabe le había gustado que a Chastity no le diera asco tocar los peces, y aún más que el suyo fuera mayor que el de ella.

Caminaron por la orilla bajo la luz del atardecer. Cuando llegaron a la altura de su cabaña, Chastity dio una patada al agua.

–¡Todavía está caliente!

Gabe interpretó su comentario como la expresión de un deseo.

–¿Quieres darte un baño?

–Sí –Chastity lo miró–. ¿Te importa? La luna da mucha luz y a mí me encanta nadar de noche, es como entrar en un mundo encantado.

Un mundo al que ella parecía pertenecer en aquel momento, de pie en la orilla, con el agua bañándole las piernas y el aspecto de una tentadora sirena enviada para hechizarlo.

–Ve a nadar. A no ser que me devuelvas el teléfono, no tengo otra cosa que hacer –dijo él.

–Y no te lo voy a dar porque quedamos en que pasaría un día completo. Voy a cambiarme –Chastity salió del agua y trotó hacia su cabaña.

Cuando salió con su biquini, Gabe la esperaba en el agua. La vio escudriñar la orilla y mirar hacia las cabañas.

–¿Gabe? –llamó.

–Estoy aquí. No quiero perderte de vista.

–No pretendía obligarte a nadar.

–No es ningún sacrificio.

El sacrificio era observarla en la orilla, caminando lentamente hacia el interior con la luna iluminando su esbelto cuerpo. Gabe tragó saliva y se alegró de que la oscuridad ocultara la reacción de su cuerpo. Si Chastity fuera otra mujer, si no supiera lo que sabía de ella, si no fuera la mujer de su hermano… Dio varias brazadas alejándose de la orilla. Oyó la salpicadura del agua y pronto Chastity le dio alcance. Nadaron juntos a braza hasta el muelle y se quedaron unos minutos sosteniéndose con el movimiento de los brazos. De vez en cuando les llegaba el rumor de la risa de los trabajadores, que seguían en el comedor.

Gabe miró en la dirección del sonido para desviar la mirada del rostro y los hombros, de los pechos de Chastity, visibles bajo la línea del agua.

El comedor era la luz más potente de las que se apreciaban en la orilla. Podían ver las sombras de los hombres, así como la de Adam, al teléfono. Adam, que conocía a Chastity mucho mejor que él. Gabe la miró. Y la deseó.

—¿Por qué Tom? —así de bruscamente rompió la tregua.

Chastity se alejó un poco, como si con la distancia física también quisiera establecer la emocional.

—Creía que ya lo habías decidido por ti mismo. Por su dinero. ¿O lo que quieres saber es por qué se casó él conmigo?

Gabe guardó silencio.

—Veo que también tienes respuesta para eso.

Gabe no quería dejarse ablandar por la expresión de dolor que apreció en el rostro de Chastity, y miró hacia la orilla. Cuando se volvió de nuevo hacia ella, ya no estaba. Gabe esperó unos segundos antes de girarse en todas las direcciones aterrorizado, y cuando siguió sin verla, sintió pánico.

—¿Chastity?

Nada.

—¡Chass! —gritó.

Nada. Gabe iba a gritar de nuevo cuando oyó una suave salpicadura. Se volvió hacia el sonido y vio emerger a Chastity cerca de la orilla, que empezó a nadar con su elegante estilo.

Gabe la siguió.

Le llevaba la bastante distancia como para poder ponerse de pie sobre la arena con el agua a la cintura para cuando él le dio alcance.

Gabe la sujetó de la muñeca.

—No vuelvas a hacerme esto.

Chastity sacudió el brazo para soltarse.

—¿Hacerte el qué?

—Desaparecer en el agua.

Los ojos de Chastity brillaban de ira.

—Haré lo que me dé la gana. No soy una niña y no tengo por qué obedecerte. Y no pienso consentir que me insultes —dijo, dándole la espalda.

Gabe la sujetó por los hombros y la obligó a girarse hacia él.

—Mientras estés aquí, eres mi responsabilidad. Además, estás embarazada de mi hija.

—¡No finjas que te importa!

—Claro que me importa. Me has asustado —Gabe apenas podía mantener la calma. No recordaba haber sentido tanto pánico como los segundos que la había perdido de vista. Por la forma en que se relajaron sus hombros bajo las palmas de sus manos, notó que ella se sosegaba—. No haría nada que pusiera en peligro a tu niña porque antes que tuya es mía.

—No se trata sólo del bebé.

—¡Por favor, Gabe! De no ser por el bebé no habríamos vuelto a vernos. A pesar de tus esfuerzos por ocultarlo, es evidente que no me aguantas. Sé lo que intentas hacer, pero será mejor que te des por vencido porque...

Gabe la cortó con un beso. No pudo contenerse. Sin reflexionar, agachó la cabeza y cubrió los labios de Chastity con los suyos. Estaban salados y frescos, pero su boca estaba caliente y la encontró abierta al haberla interrumpido en mitad de frase. Después, Gabe no pudo parar. Atrayéndola hacia sí, la estrechó hasta que sus cuerpos estuvieron en contacto. Saboreó la dulzura de su boca, palpó el contorno de su cuerpo, sus senos, sus caderas, sus muslos, y sintió una respuesta inmediata en ella. Su cuerpo se comunicó con el de él directamente. Subió las manos hasta enredar los dedos en su cabello, y su lengua se movió al compás de la de él. Gabe se sentía en el cielo, en un embriagador éxtasis en el que sólo existían las sensaciones y el deseo. Podía sentir la presión de los senos de Chastity contra el pecho. Dejó escapar un gemido y metió su muslo entre los de ella, que apoyó su peso sobre él. Chastity subió las manos a sus hombros y se asió a ellos unos segundos, antes de apoyar las palmas en su pecho y empujarlo. Dando un paso atrás, se giró y salió corriendo del agua. Gabe la observó alejarse y correr hacia la cabaña. Le vio abrir la puerta y cerrarla a su espalda bruscamente.

¿Qué había hecho?

Besar a Chastity no formaba parte del plan. Ni siquiera había contado con que llegara a caerle bien. Había atrapado a su hermano. Era una mujer manipuladora, fría, calculadora, hermosa..., frágil y dulce que había dejado que su familia la vituperara para proteger a Tom, y que estaba embarazada de su bebé. Además de besar como si se quemara... por él.

Y él la deseaba.

La mujer de su difunto hermano. Gabe era capaz de distinguir lo que estaba bien de lo que no, y lo que acababa de suceder entraba en la segunda categoría. Resultaba tentador culparla. Chastity no debería haber devuelto el beso. Pero no tenía sentido. Él lo había iniciado, tomándola por sorpresa; y ella lo había concluido. Intentó convencerse a sí mismo de que habría preferido que Chastity hubiera reaccionado antes, pero estaba agradecido de que no lo hubiera hecho.

Inicialmente Chastity no reconoció el sonido que la despertó, pero en cuanto se dio cuenta de que era un helicóptero, saltó de la cama. Un helicóptero representaba la posibilidad de escapar, que era lo que había decidido hacer mientras yacía, desvelada, en la cama.

Llegó precipitadamente a la ventana a tiempo de ver que en lugar de aterrizar, partía.

Durante el desayuno se enteró de que Gabe viajaba en él. No había dejado ningún mensaje, así que era evidente que quería alejarse de ella. Como lo era el hecho de que había percibido la voracidad de su respuesta.

Había sido una estúpida. Estaría lista para partir en cuanto él volviera. Tenía que huir. De él.

Adam la encontró leyendo en una hamaca después de la comida.

—Hay un sendero que nos permite dar un paseo por el bosque de una media hora.

Chastity dejó a un lado el libro, deseosa de usar cualquier excusa para distraerse. La novela policíaca que había recuperado de Gabe no conseguía entretenerla. No podía contrarrestar las vívidas imágenes de la noche anterior, el beso, el deseo que había prendido en ella.

Se puso un vestido sobre el bañador. Adam sería la compañía perfecta. No haría preguntas.

Pronto, descubrió que era ella quien las hacía.

—¿De qué conoces a Gabe?

—Somos amigos desde hace años, desde que hice el catering para una de sus convenciones en Londres.

—¿Te ha hecho preguntas sobre mí?

—No —respondió Adam sin inmutarse.

—¿No te ha preguntado nada sobre mi infancia?

No necesitaba concretar para Adam: sobre sus dificultades, sobre la gente que la despreciaba por ser la hija y la hermanastra de quien era.

—No. Si Gabe quisiera saber algo, te lo preguntaría directamente. Él es así.

Chastity lo creyó. Había comprobado por sí misma que Gabe no se andaba con rodeos.

Estaban contemplando la vista desde el punto más elevado de la isla cuando se oyó el helicóptero.

—¡No! —gritó Chastity, y salió corriendo hacia el hotel.

—¡Qué pasa! —gritó Adam, siguiéndola alarmado.

—Tengo que tomar ese helicóptero.

Tenía la maleta preparada en la puerta de la cabaña. Corrió por el sendero con todas sus fuerzas, pero cuando llegó al claro, el helicóptero ya se elevaba sobre la bahía. Chastity tuvo que contener un grito de frustración.

Tenía a Gabe ante sí. Adam salió del bosque y se detuvo a su lado.

—¿Todo bien? —preguntó Gabe aproximándose a ellos.

—Perfectamente —dijo Chastity, jadeante—. Tengo que marcharme —añadió, y fue hacia su cabaña confiando en que él se quedaría charlando con Adam.

Pero apenas había cerrado la puerta, oyó que llamaban con los nudillos. Y Gabe entró sin esperar respuesta. Parecía cansado y preocupado.

—Tenemos que hablar —recorrió con la mirada la vacía habitación y la fijó en la maleta que reposaba a sus pies—. ¿Vas a alguna parte?

—A casa —dijo ella, clavando la mirada a su vez en la maleta—. Las cosas no están saliendo bien entre tú y yo.

—No tienes que marcharte.

—Te equivocas.

—Te he traído para que descansaras y para que pudiéramos conocernos. Nunca pensé... Cometí un error, pero te prometo que no volverá a suceder.

—No puedes hacer esa promesa.

—No soy tan débil. Prometo cumplirla.

Chastity lo miró a los ojos.

—¿Pero no actuaste sólo tú, verdad? El beso nos lo dimos los dos.

Gabe entornó los ojos con inquietud.

—Lo comencé yo. No volverá a pasar.

Chastity percibió la rabia y la indignación que Gabe sentía hacia sí mismo. Fue hasta él.

—Ya sé que no eres débil, pero ¿y si yo sí lo fuera? —aspiró el varonil aroma de Gabe—. ¿Y si yo te besara? ¿Eres lo bastante fuerte para los dos?

—¿Cómo? —la sorpresa de Gabe fue casi cómica.

Chastity fue hacía un jarrón con flores y acarició el pétalo de un lirio.

—Deberías saber una cosa.

Gabe guardó silencio. No respiró, pero Chastity tuvo la certeza de que la escuchaba.

—Se trata de Tom y de mí; de nuestra relación.

—No tengo por qué saber nada —Gabe no pudo disimular la crispación en su voz.

—Te equivocas. Necesito que confíes en mí porque voy a criar a tu…, a nuestra hija. Ya tienes una opinión lo bastante negativa de mí como para empeorarla. Y tú no te mereces tener tan mala opinión de ti mismo como la que tienes ahora mismo —Chastity tomó aire y clavó la mirada en las flores—. Tom y yo nunca… nos acostamos —concluyó precipitadamente.

Entonces oyó a Gabe moverse y se volvió a tiempo de ver que se dejaba caer sobre la cama pesadamente.

—¿Qué? ¿Por qué? ¿De verdad? —preguntó, perplejo.

—Sí —Chastity se sentó a su lado a una distancia prudencial y miró al suelo—. No te voy a dar explicaciones. Son privadas —de todas las cosas que Tom había ocultado a su familia, aquélla era la más importante—. Pero quería que supieras que no soy una…

—¿Nunca? —la pregunta estaba cargada de incredulidad.

–Nunca –contestó Chastity en un susurro–. Y no creas que eso significa que le engañaba. Jamás.

–¿Y qué hacías para…? Olvídalo.

–¿Tener sexo? Siempre he pensado que estaba sobrevalorado. No lo echo de menos.

Gabe la miró boquiabierto y Chastity sonrió.

–Puede que sea una cuestión hormonal, pero lo cierto es que no suelo pensar en ello. Excepto ahora. Desde que estoy embarazada pienso en ello. Mucho. Y lo peor es que me lo imagino contigo. Incluso ahora mismo. Estás sentado sobre mi cama y me imagino contigo. Así que tengo que marcharme.

–Maldita sea.

–Exactamente.

Gabe se puso en pie bruscamente.

–¿Puedes hacer que vuelva el helicóptero? –preguntó ella mientras él se cercaba a la ventana y miraba al exterior.

–Hasta mañana, no.

–¿El barco del correo?

–No atraca los domingos –Gabe se volvió–. Podemos resolverlo.

–Tendrás que resolverlo tú, que no tienes un problema hormonal.

–Al menos tú tienes una excusa.

Chastity no entendió el doble sentido de esas palabras.

–Quizá si me acostara con otro hombre se me pasaría la ansiedad –sugirió ella. Gabe no dijo nada, pero un músculo palpitó en su mandíbula–. Quizá con Adam.

–Por encima de mi cadáver.

–Tienes razón. Es como un hermano.

–Ésa no es la cuestión. Si te acuestas con alguien, será conmigo.

Chastity lo miró en el tenso silencio que siguió a sus palabras.

–Después de todo, estás embarazada de mí –apuntó él.

–No quiero que por piedad…

–No sería por piedad, Chass, sino porque te deseo. Yo también lucho contra mí mismo.

–Sí, pero tú lo haces porque no te caigo bien. Yo no quiero acostarme con un hombre al que no le gusto. Yo no soy como…

–¿Como quién?

–Como nadie –pasó por el lado de Gabe bruscamente–. Voy a darme un baño y tú no vas a venir conmigo. Mañana me marcho.

Fue hasta la orilla, dejó el vestido en la arena y se acercó a la orilla. Cuando el agua ya le llegaba al pecho vio que Gabe le había seguido.

–No hace falta que te metas. Voy a nadar en paralelo a la orilla.

Dio unas cien brazadas en una dirección y en la contraria bajo la atenta mirada de Gabe. Cuando salió, Chastity se sentía refrescada y libre de parte de la ansiedad que la devoraba.

–Creo que me siento mejor. He solucionado mi… *problema*. Aun así, lo mejor será que me marche mañana.

***

Chastity despertó de un sueño febril, enredada en las sábanas. El deseo que la poseía era casi doloroso y sólo había una cosa que podría aliviarlo. O dos, pero la segunda no pensaba planteársela.

El bañador estaba todavía húmedo, así que se puso el biquini y una camiseta, y en la penumbra previa al amanecer, fue hasta la cabaña de Gabe. ¿Por qué demonios haría promesas?

–Gabe –susurró con fuerza.

Llamó a la puerta y ya iba a abrir cuando Gabe apareció en el umbral, en bóxers. En cuanto vio cómo vestía, arqueó una ceja inquisitiva.

–Tengo que nadar otra vez –explicó ella, avergonzada–. Pero puedo ir sola.

–Espera que me cambie –dijo él con voz soñolienta.

Chastity fue hacia la orilla.

–No iré muy adentro. No hace falta que vengas –dijo por encima del hombro.

–No mires, pero yo también necesito un baño frío.

Chastity miró y no pudo evitar sentirse asombrada y un poco halagada.

–¿Por mí? –musitó.

A Gabe no parecía hacerle gracia.

–Sólo por ti.

Chastity no quería pensarlo. Las emociones que estaba experimentado sólo eran una locura transitoria.

Se volvió de nuevo, dejó la toalla y la camiseta en el suelo y entró al agua corriendo. Nadó y nadó. Hasta que al volverse vio que Gabe estaba a una distancia prudencial. Llegó hasta el pontón, lo tocó y volvió hacia la orilla. Para cuando tocó fondo, creyó haber exorcizado sus demonios.

Gabe la esperaba en la arena, secándose. Al verla llegar, le sujetó la toalla abierta. Era un hombre tan atractivo...

—¿Mejor? —preguntó él.

—Sí. ¿Tú? —Chastity fue a tomar la toalla, pero Gabe no la soltó.

—Mucho mejor.

Se miraron fijamente en silencio y el calor volvió.

—No sé qué tiene tu clavícula... —dijo Gabe.

—¿Mi clavícula?

Gabe deslizó su dedo desde el hombro de Chastity, por la clavícula, hasta la base de su cuello. Al trazar el camino de vuelta y llegar al tirante del biquini, lo deslizó hacia el hombro. Entonces pasó delicadamente el pulgar allí donde había estado el tirante. Chastity se quedó paralizada al ver que aproximaba sus calientes labios a ese mismo punto y depositaba un delicado beso sobre su fría piel

—Tenemos dos opciones. El agua o la cama.

—El agua —gimió Chastity aferrándose al poco sentido común que le quedaba y confiando en las virtudes terapéuticas del agua.

Gabe le colocó el tirante en su sitio y, tomándola de la mano, la llevó al agua. Se detuvieron cuando les cubría hasta los hombros.

—¿Te está sirviendo de algo? —preguntó él. Chastity negó con la cabeza—. A mí tampoco.

—¿Nos ayudaría nadar?

—Puede que sí.

Pero en lugar de soltarle la mano, Gabe tiró de

ella hasta estrecharla en sus brazos y sentir sus senos acariciar su pecho, hasta que sus caderas estuvieron en contacto y Chastity pudo sentir hasta qué punto a él no le estaba sirviendo de nada.

Gabe le acarició el rostro con ambas manos, enredó los dedos en su cabello. Durante un segundo, la miró fijamente y Chastity pudo ver en sus ojos el reflejo de un deseo tan intenso como el suyo. Y entonces Gabe agachó la cabeza.

Capítulo Nueve

Los labios de Gabe estaban calientes y su beso avivó las llamas que consumían a Chastity. Ella se aferró a sus hombros y cuando sus lenguas se encontraron, entrelazó sus brazos a su cuello para pegarse a él y poner en contacto cada milímetro de sus cuerpos. Deseaba a Gabe desesperadamente. Él representaba la fuerza y la solidez en un mundo que daba vueltas a su alrededor; era lo único que devolvía la cordura a su estado de enajenación.

Llevaba tiempo negándose a aceptar lo que quería de él, y al asumirlo, había creído ser lo bastante fuerte como para poder resistirse. Sólo en aquel instante fue consciente de la intensidad de su deseo, de que la voluntad que había creído volcada en huir de él se dirigía a saciar la necesidad de poseerlo.

Las manos de Gabe recorrieron su espalda, cargándola de electricidad. Al llegar a su trasero se lo apretó, atrayéndola con decisión hacia él. Impulsada por el agua, Chastity levantó las piernas y las entrelazó a su cintura para sentir la deliciosa presión de su sexo. Pero estar cerca no era bastante.

Echó la cabeza hacia atrás para darle acceso al cuello, en el que Gabe dejó un rastro de besos antes de bajar la cabeza. Chastity no se había dado cuenta de que le había soltado la tira del biquini, y de un suave tirón con los dientes, dejó al descubierto sus senos y mordisqueó uno de sus pezones al tiempo que ella se arqueaba contra él y dejaba escapar entrecortados gemidos. Sentía una línea directa entre sus pezones y la pulsante parte de su cuerpo oculta en el vértice de sus muslos. Jamás había sentido nada parecido al febril deseo que la devoraba. Tenía que hacer algo para liberarlo y Gabe era la única persona con quien lo conseguiría. Gabe, el hombre menos adecuado y al mismo tiempo, el único que podría saciarla. Deslizó la mano entre ambos, por dentro del bañador de Gabe y asió su miembro al tiempo que con la otra mano apartaba el triangulo de tela de su biquini y acercaba a Gabe a la entrada de su cueva.

–Espera, Chass –dijo él, jadeante.

–No quiero. No puedo. Los dos sabemos que sólo se trata de sexo.

Posó un dedo sobre los labios de Gabe para acallar sus protestas. Él se lo chupó mientras Chastity, gimiendo de placer, lo guiaba lentamente hacia su interior hasta sentir que la ocupaba completamente. Aquello era lo que ansiaba y la sensación era maravillosa.

Gabe la apretó con fuerza y durante unos segundos se quedaron paralizados de placer, mirándose a los ojos, hasta que Gabe empezó a moverse, empujando, guiando las caderas de Chastity contra las suyas. Cuando Chastity le rodeó el cuello con los brazos, él volvió a cubrir sus senos con sus cálidos labios sin parar de mecerse.

Y Chastity estaba tan excitada que sintió el estallido del clímax desde el centro de su ser. Cuando todavía reverberan en su cuerpo las sacudidas del placer, Gabe la besó y Chastity notó las oleadas de su pulsante liberación. Luego, Gabe la estrechó con fuerza mientras ella apoyaba la cabeza en su hombro, saciada, y esperaba a recuperar el sentido de la realidad.

Y lo recuperó, pero acompañado de un sentimiento de humillación por lo que acababa de hacer, por actuar de una manera que le resultaba irreconocible. Se soltó de Gabe y mientras éste le ataba el sujetador, ella mantuvo la vista fija en un punto de la lejanía. Los primeros rayos del sol iluminaban las copas de los árboles. Una luz se encendió en una de las cabañas ocupadas por los trabajadores. Sin mediar palabra, Chastity empezó a alejarse. Gabe le tomó la mano y la obligó a volverse. Al ver que no lo miraba, posó un dedo en su barbilla y le hizo alzar la cabeza.

–Creo que tenemos que hablar.

–Yo creo que no.

En lugar de discutir, Gabe caminó con ella hacia su cabaña sin soltarle la mano. Al entrar, Chastity fue hasta la ventana y contempló la bahía. Sentía a Gabe a su espalda, expectante.

–Te dije que debía marcharme –dijo ella. Gabe guardó silencio–. Lo siento.

Gabe posó la mano en su hombro y, delicadamente, le hizo volverse.

–No ha sido culpa tuya.

Chastity esbozó una sonrisa.

–¿No ha sido culpa mía actuar cuando tú me pedías que esperara?

Gabe sonrió y le tomó la barbilla con una mano.

–Yo te besé primero y podría haberte detenido si hubiera querido –dijo, mirándola fijamente–, pero no te he parado porque no quería. Así que no te culpes.

–Recuerdo haber dicho que no era más que sexo.

Gabe deslizó la mano por debajo de su cabello y la curvó en su nuca

–¿Si digo que tienes razón dejarás de mortificarte? –dijo con una conmovedora dulzura.

–Puede que sí –dijo Chastity.

–Entonces lo admito: ha sido sólo sexo –dijo él, asintiendo con la cabeza y animándola a hacer lo mismo.

Chastity asintió.

–Muy buen sexo –tragó saliva, angustiada al darse cuenta de que el deseo volvía a apoderarse de ella–. Pero sólo sexo.

–Sexo fantástico, de hecho, pero nada más.

Chastity sintió un creciente calor y decidió separarse de él.

–Chass, espera, tengo…

Pero Chastity no esperó porque no podía permitir que Gabe viera el anhelo en su mirada. Al girarse, sintió un tirón en el cuello y los dos triángulos de su biquini cayeron hacia delante, dejando sus senos expuestos.

–…los dedos atrapados –terminó Gabe antes de quedarse sin palabras–. Eres perfecta –dijo con admiración.

Lentamente y sin dejar de mirarla a los ojos, alargó la mano y acarició uno de sus senos. Luego subió la mano e hizo lo mismo con el otro, pasando sus pulgares por sus pezones. Una llamarada prendió en los ojos de Chastity, que abrió la boca, pero tardó varios segundos en poder hablar.

–No –dijo, pero tenía la respiración entrecortada y con un movimiento de aproximación contradijo su monosílabo.

–¿Lo dices en serio? –Gabe tragó saliva–. Porque si es así, tengo que saberlo ahora mismo.

Al no obtener respuesta, inclinó la cabeza y mordisqueó uno de sus pezones.

–No es justo –susurró ella, arqueándose.

Gabe dejó su pezón, pero pareció incapaz de separar sus labios o sus manos de ella. Besándola, la abrazó y ella se apretó contra él. Gabe se embriagó de su dulce sabor y perdió el control. Asiéndola por las caderas, la atrajo hacia sí. ¿Tenía idea del efecto que tenía sobre él?

Rompió el beso y le retiró un mechón de cabello tras la oreja.

–Tú sí que no eres justa. No tengo defensa ante tu belleza y tu perfección. Eres mi fantasía hecha realidad.

Chastity abrió la boca, pero no pudo emitir ningún sonido. Se humedeció los labios para intentar decir algo, pero Gabe la tomó en sus brazos, la tumbó sobre la cama y se sentó a su lado. Chastity alargó los brazos hacia él, pero Gabe le sujetó las muñecas y le llevó los brazos por encima de la cabeza. Con la otra mano le quitó la parte de arriba del biquini y luego la de abajo.

–¡Qué hermosa eres! –dijo con voz ronca.

Sin dejar de mirarla a los ojos, recorrió con sus dedos su rostro, su cuello, el hueco de sus clavículas. Chastity enrojeció cuando alcanzó sus senos y sus pezones; luego trazó la curva de sus costillas y de sus caderas. Al llegar a su vientre, posó sobre él ambas manos con gesto protector, y el sentimiento posesivo que lo invadió lo tomó por sorpresa.

–Gabe –musitó ella, suplicante.

Él posó una mano en la intersección de sus muslos, cubriendo su rubio vello, Con los dedos apartó los pliegues y la encontró caliente y húmeda. Chastity alzó las caderas para facilitarle el acceso.

–Por favor –gimió, desesperada–. Te necesito dentro.

Gabe deslizó los dedos en su interior.

–¿Y tú? –preguntó ella, desconcertada.

–Esto es sólo para ti –Gabe exploró con el pulgar hasta encontrar su centro de placer y la acarició, haciendo aumentar su excitación hasta que Chastity se retorció jadeante y él, besándola, sintió que sus músculos se contraían en torno a sus dedos.

Con la respiración entrecortada, él se echó a su lado y Chastity se abrazó a él. La silenciosa calma de la primera hora del día descendió sobre ellos y Gabe, a pesar de que necesitaba liberar su propia excitación, sintió un estado de paz y de felicidad por haber proporcionado placer a Chastity que no había experimentado nunca.

Y entonces Chastity comenzó a moverse contra él y le tiró del elástico del bañador. Gabe, comprendiendo, se lo quitó y se colocó sobre ella. Chastity encontró su sexo firme y se lo acarició al tiempo que lo conducía a su cueva. Gabe titubeó a la entrada, pero ella alzó las caderas y le rodeó la cintura con las piernas. Gabe se adentró en ella lentamente, deleitándose en la presión de sus músculos sobre su sexo.

Chastity sonrió.

–Esto es para ti.

Con la misma lentitud, Gabe salió casi completamente antes de volver a penetrarla y repitió el movimiento sin dejar de mirarla a los ojos.

Chastity dejó de sonreír.

–No esperes que... No podría... No tan pronto.

Entonces fue Gabe quien sonrió.

–No espero nada de ti; eres impredecible –dijo, y continuó moviéndose a un creciente ritmo.

El rostro de Chastity pasó de la incredulidad a la sorpresa. Gabe se adentró más profundamente, más deprisa en su interior y vio que sus ojos se oscurecían. Deslizó la mano entre ambos, encontró el punto exacto y notó el efecto de su caricia al instante al escuchar el cambio en la respiración de Chastity.

Se movieron al unísono como si formaran un solo cuerpo, con una harmonía no sólo física. Gabe sintió la sangre circular por sus oídos al contemplar cómo la pasión arrastraba a Chastity, y cuando alcanzó el clímax, también él estalló en su interior.

Gabe podía oír a Chastity llorando en el cuarto de baño. Vaciló ante la puerta, pero imaginó que si llamaba no le dejaría entrar, así que la abrió con suavidad. Chastity estaba en albornoz, sentada en un rincón con las rodillas recogidas contra el pecho.

La imagen rompió el corazón de Gabe.

–Vete. No me pasa nada. A veces necesito llorar –dijo Chastity, girando la cabeza para que el cabello le cubriera la cara.

Gabe se sentó a su lado.

–¿Qué parte de «vete» no entiendes? –preguntó ella, secándose los ojos con la manga del albornoz.

Gabe le pasó el brazo por los hombros.

–No llores, Chass. ¿Qué pasa? ¿Te he hecho daño?

Chastity se dejó caer hacia él y apoyó la cabeza en su hombro.

–No te preocupes. No tiene que ver contigo –se sorbió la nariz–. Al menos con lo que imaginas.

–¿Qué quieres decir?

–Nada. Márchate.

–No pienso dejarte así.

–Estoy bien, de verdad.

–No es eso lo que parece.

–Pero es verdad. Por eso lloro.

–¿Qué clase de lógica tiene eso?

Chastity rió entre hipidos.

–¿Por qué tenías que ser tú? Nunca me habían… hecho eso antes.

Gabe se tensó.

–¡Dios mío! ¿Eras…?

–No, no era virgen.

–Entonces, ¿qué quieres decir?

Chastity ocultó el rostro entre las rodillas.

–Que nadie me había… dedicado tiempo.

Gabe sintió la ira crecer en su interior. ¿Nadie la había valorado?

–¿Con qué clase de hombre te has acostado?

–Con nadie. Al menos desde hace mucho tiempo. Ya te dije que me parecía que el sexo estaba sobrevalorado.

Gabe sintió una punzada de orgullo masculino. ¿Seguiría pensando lo mismo?

Chastity apoyó la mejilla en las rodillas para mirarlo. En sus labios bailaba un dulce sonrisa, y sus ojos brillaban.

–Ahora entiendo que a la gente le guste tanto, pero puede que sea por las hormonas –aunque le resultó difícil, Gabe permaneció callado–. Sólo me había acostado con otro hombre –continuó ella–. Con mi entrenador de natación de la facultad.

–¿Eso no era inmoral por su parte?

–Desde luego. Era muy guapo, había sido campeón olímpico. Creí que le importaba, pero resultó que otras dos chicas del grupo creían lo mismo.

–¿Hiciste algo al respecto? ¿Le pasó algo o se libró?

–Una de las otras chicas, Mónica, fue mucho más fuerte y estaba mucho más dolida que yo. Yo me sentí… humillada. Ella lo denunció.

–¿Y qué pasó?

–No lo sé.

Gabe la estrechó contra sí y deseó dar marcha atrás al reloj y hacerle el amor con la pausa y la atención que se merecía, en lugar de la ansiedad que lo había dominado. Chastity se merecía magia, flores, cenas. Y las tendría.

Un miembro de la tripulación ayudó a subir al yate a Chastity y se marchó. Ella miró a su alrededor maravillada, fijando la vista en cualquier parte menos en el hombre que tenía a su lado, cuya presencia invadía todos sus sentidos.

Habían pasado un día más juntos. Gabe había renunciado a su teléfono móvil voluntariamente, habían olvidado el pasado y el futuro y habían vivido un día de instantes, que Chastity iba a atesorar para cuando se separaran. El único ruido que los rodeaba era el batir del agua contra el barco. Finalmente, Chastity miró a Gabe, que la observaba con expresión enigmática. Las cosas entre ellos habían cambiado tan radicalmente, que Chastity ni siquiera podía imaginar qué estaría pensando.

Apareció otro miembro de la tripulación que los condujo al comedor, donde había una mesa preparada con cubertería de plata, velas, y un ramo de rosas. En el aire flotaba una romántica balada de jazz. El oficial ayudó a sentarse a Chastity y se marchó.

–Esto tiene todo el aspecto de…

–¿Una cita? Lo es –sonrió Gabe.

–¿Por qué? –Chastity sabía que todo lo que hacía tenía un propósito–. No voy a volver a acostarme contigo.

Gabe la miró detenidamente, en silencio.

–Ha sido un error. Eso no significa que no me… Bueno, fue un error. Y ahora me voy a callar porque cuando estoy nerviosa habló sin parar y quiero que tú me digas por qué estamos aquí –Chastity apretó los labios y se produjo un cargado silencio.

Gabe tardó unos segundos en hablar.

–No pretendo que vuelvas a acostarte conmigo, ya que, como dices, fue un error. Y si fuera *eso*… –el énfasis con el que lo dijo y la manera de mirarla hicieron estremecer a Chastity– lo que quería, no estaríamos aquí.

Chastity tragó saliva y bajó la mirada para realinear los cubiertos. Gabe le rozó el dorso de la mano con un dedo en una caricia pasajera.

–Y mi intención no es ponerte nerviosa.

Chastity se arrepintió de haber hecho aquella confesión cuando sabía que Gabe era capaz de utilizar cualquier información en su beneficio. Se cruzó de brazos y alzó la barbilla.

–¿Y por qué estamos aquí? –estaba preparada para enfrentarse a él, no para la dulzura con la que la miró.

En ese momento apareció un camarero con una selección de panes y una aromática sopa. Gabe esperó a que se fuera para contestar.

–Porque las cosas han pasado al revés. Tu embarazo primero; luego, el sexo –la miró fijamente–. Una cita me ha parecido el paso siguiente más lógico.

El paso siguiente más lógico. Así que tenía un plan, o estaba diseñando uno. Había llegado el momento de preocuparse, de elevar sus defensas. Porque una voz interior le advertía que corría peligro, que protegiera su corazón, porque si Gabe decidía actuar como un príncipe encantador, no podría defenderse de él.

–¿Para qué necesitamos conocernos mejor? –dijo, tomando un trozo de pan–. Basta con que lleguemos a un acuerdo, cuando sea necesario, del tiempo que puedes pasar con mi hija.

–Nuestra hija –dijo él con calma.

–Biológicamente, sí. Legalmente, no.

–Pero ésa no es la cuestión. Las cosas no están tan claras cuando hay sentimientos y personas implicados.

–Lo sé –dijo Chastity con un suspiro.

Y ése era el problema. Los sentimientos contradictorios que sentía hacia Gabe, la intuición de que podía ser un magnífico padre, la sospecha de que su hija sería muy afortunada si él, que hacía bien todo lo que se proponía, le dedicaba tiempo y energía. Porque debajo de su apariencia de granito, había un hombre amable, cariñoso y fuerte.

Para disimular su turbación, dedicó su atención a la sopa. Después de dos cucharadas, miró de nuevo a Gabe. Tenía un aire tan tranquilo y seguro de sí mismo que quiso enfadarse con él, buscar alguna excusa para recuperar parte del poder.

–¿Hay algo que no hagas bien en la vida? ¿Tienes algún fallo?

–Sí.

–¿Cuál?

Gabe respiró profundamente.

–Mi relación con Tom.

Chastity dejó la cuchara en el plato. Claro, Tom, quien había cortado toda relación con su familia en cuanto ella se mudó a su apartamento.

–¿Era gay?

Chastity fijó la mirada en el plato.

–No puedes hacerme esa pregunta.

–No puedo hacérsela a él.

Chastity a veces olvidaba que también Gabe había sufrido la pérdida de Tom y que, por más que su relación se hubiera deteriorado en los últimos años, eran hermanos.

–¿Y qué más da lo que sepas de él si eso no va a devolvértelo?

–Pero explicaría muchas cosas –Chastity vio el desconcierto reflejado en los ojos de Gabe. Él, el hombre que tenía todas las respuestas, no sabía cómo desentrañar aquel enigma–. Fuimos muy amigos hasta que de pronto, todo cambió. Fue mucho antes de que tú aparecieras. Empezó a ser muy celoso de su intimidad. Una vez se lo pregunté directamente.

–¿Y? –Tom nunca se lo había dicho. Según él, averiguarlo destruiría a su familia.

–Me dio un puñetazo.

–¿De verdad? –Chastity tuvo que reprimir una sonrisa.

–No volví a preguntárselo –continuó Gabe–, y pensé que si lo era, me lo diría cuando lo creyera conveniente. Luego se casó contigo y asumí que me había equivocado. Ahora me dices que nunca os acostasteis, y no se me ocurre ninguna otra explicación.

–Hay quien puede esperar.

–Para mí no sería posible si me casara contigo.

–¿Eso es un piropo o un insulto? No me contestes. Esta conversación no es sobre mí, ni me importa.

–¿Por qué iba a ser un insulto?

–Porque piensas que el sexo sería la única razón para casarse conmigo.

–¿Cómo puedes infravalorarte de esa manera?

–No es que me infravalore, sino que estoy acostumbrada a ese tipo de insinuaciones.

–Si yo amara a una mujer lo bastante como para

casarme con ella, querría que todo el mundo lo supiera y querría compartirlo todo con ella como mi compañera: mañanas, tardes, paseos, conversaciones y sí, también el sexo.

Chastity vio la pasión reflejada en su mirada y en sus palabras, y casi sintió lástima de sí misma al pensar que nunca encontraría a alguien que la amara de esa forma.

–La mujer que se case contigo será muy afortunada.

–Y también lo será el hombre que conquiste tu corazón.

–Ojalá él piense lo mismo –Chastity miró por la ventana hacia la oscuridad.

Gabe posó los dedos en su barbilla y le hizo girar la cabeza hacia él.

–Es imposible que no se dé cuenta.

¿Era consciente Gabe de que tenía la mirada más afectuosa y más sexy del mundo? Dejó sus cálidos dedos en su rostro por unos segundos, y luego, retirándolos, tomó el cuchillo y untó *pesto* en el pan.

–¿Era Tom gay o no?

–No tengo derecho a contestarte.

–Así que lo era –Gabe dio un bocado al pan–. No sé cómo lo dudé. Y no comprendo por qué no confió en mí.

–¿Cómo iba a contarle al perfecto Gabe lo que su familia iba a considerar una vergüenza?

Gabe la miró y Chastity se dio cuenta de que acababa de decirle lo que se había jurado ocultar.

Gabe se apoyó en el respaldo de la silla y por unos segundos miró a la lejanía. Luego se inclinó bruscamente hacia adelante.

–Entiendo las razones de Tom, pero ¿cuáles eran las tuyas? –su mirada había cambiado. Era escrutadora, inquisitiva–. ¿Por qué aceptaste el trato?

Chastity apoyó ambas manos en la mesa.

–Creía que esto era una cita, no el tribunal de la Inquisición.

El camarero los interrumpió. Cuando se fue, Gabe se había suavizado.

–Lo siento, tienes razón –dijo, aunque las preguntas seguían bailando en su mirada. Chastity no podía adivinar lo que pensaba, pero le resultaba inquietante–. Durante un tiempo pensé que sentías algo por mí.

Así que lo había sabido.

–Y así fue –no tenía sentido negarlo.

Gabe frunció el ceño.

–Entonces, ¿por qué Tom?

–Me transferiste de puesto. Pensé que te habías dado cuenta de que me gustabas y que no estabas interesado… en mí.

Gabe la miró fijamente.

–¿No se te ocurrió pensar que te enviaba a trabajar con Tom precisamente porque me gustabas? ¿Que dada mi obsesión por mantener el trabajo y el placer separados, necesitaba poner cierta distancia entre nosotros?

A Chastity jamás se le había pasado esa posibilidad por la mente. Que Gabe la rechazara, tal y como lo había interpretado en su momento, le pareció lo más lógico en alguien como él.

–En el fondo, estaba celoso de Tom, por eso permití que la distancia entre nosotros aumentara.

–Nunca lo pensé.

–Puede que ninguno de nosotros pensara en todo ello con la sensatez necesaria.

Por más que Chastity quisiera creer que las cosas podían haber sido diferentes, estaba segura de que una relación con Gabe habría sido imposible. Tom comprendía la necesidad de guardar secretos, y aceptaba las imperfecciones. Ninguno de ellos husmeaba en la vida del otro, y Gabe no habría aceptado una relación tan superficial.

–Pero sigo sin entender por qué decidisteis casaros y tener un hijo.

Chastity tardó unos segundos en responder.

–Empezamos a hablar de ello tras la muerte de mi abuela. Tom quería crear la ilusión de una familia de verdad, y deseaba un heredero. Yo quería... alguien a quien amar, y una familia de verdad, pero no quería tener un hijo sin estar casada –una lagrima rodó por su mejilla y se la secó–. Esto ha sido un error. ¿Podemos volver a tierra? Estoy cansada.

Estaba cansada de intentar averiguar dónde situar su relación con Gabe y de decidir cuál de las facetas que presentaba era la verdadera. Estaba el Gabe con el que había hecho el amor, el padre de su bebé, el hermano del hombre con el que se había casado. Y todas ellas se combinaban en el hombre que tenía ante sí, mirándola fijamente. Estaba exhausta.

–Acabemos de cenar. Adam ha preparado la comida especialmente para ti.

–¿Está aquí?

–No, el yate tiene su propio cocinero, pero Adam decidió el menú.

Chastity se cuadró de hombros y respiró.

–Está bien –dijo finalmente–. Pero no me hagas más preguntas.

–De acuerdo. Y después de cenar quiero enseñarte una cosa.

–No sé si me parece una buena idea –debía retirarse. Pasar tiempo con Gabe sólo contribuía a aumentar su confusión.

–Te gustará, y no tengo ningún motivo oculto para querer que lo veas –le tendió la mano.

–¿Tardaremos mucho? De verdad que estoy cansada –cansada, sobre todo, de resistirse a la tentación que Gabe representaba.

–No.

–Está bien.

Gabe sonrió dulcemente, arrancando una sonrisa de los labios de Chastity en respuesta. Era demasiado tentador. Tenía que evitar la calidez de aquellos ojos antes de que la quemaran y reavivaran las brasas del deseo que parecía haberse apoderado de ella.

Capítulo Diez

Permanecieron juntos en la barandilla, a una distancia prudencial el uno del otro.

–¿Qué se supone que tengo que ver? –preguntó Chastity.

La luna, brillante en un cielo raso, iluminaba la superficie del mar.

–Espera. Todavía no se ve nada.

–¿Cuánto tiempo tiene que pasar?

–Puede que unos minutos, quizá algo más. Tú espera.

–Pero...

Gabe posó una mano en su hombro para hacerle callar.

–No será mucho rato, te lo prometo. Si no, volveremos a tierra.

–¿Por qué no me dices al menos qué tengo que buscar?

–Porque no. Tú observa el agua.

Le apretó el hombro, pero antes de que dijera nada, Chastity lo vio. Un destello gris plateado curvándose en el agua. Y de pronto, uno más.

–Gabe. ¿Es eso...?

–Mira.

Súbitamente, varios delfines emergieron del agua,

saltando y sumergiéndose en elegantes cabriolas, quedando suspendidos en el aire durante unos segundos como si se sostuvieran sobre sus colas antes de volver a caer. Durante diez minutos Chastity observó la escena en silencio, admirada, hasta que, de pronto, desaparecieron con la misma rapidez con la que habían aparecido.

Y Chastity se dio cuenta de que se reclinaba sobre Gabe y él le había pasado el brazo por los hombros. Pasaron varios minutos en silencio. Chastity, todavía sobrecogida por la belleza del espectáculo, no quería moverse ni abandonar los brazos de Gabe.

Un poco más tarde, ya en el muelle, cuando el yate volvía a alta mar, Chastity se volvió hacia Gabe, que mantenía su mano sujeta tras haberla ayudado a bajar de cubierta.

–Gracias.
–¿Te ha gustado?
–Ha sido increíble. Nunca había visto nada tan hermoso.

Chastity se acercó a Gabe hasta que apenas los separaban unos centímetros. Él le retiró un mechón de cabello detrás de la oreja y le acarició la mejilla.

–Yo sí –dijo, mirándola intensamente.

Lentamente, inclinó la cabeza. Chastity pudo haber impedido el beso, pero no quiso, y cuando los labios de Gabe alcanzaron los suyos, ella se fundió con él con una dolorosa ternura. Olvidó todas las innumerables razones por las que debía evitar lo que estaba pasando y se aferró a él como si fuera lo único sólido y real en su universo.

La boca de Gabe sabía al café con el que habían acabado la cena. Su barba incipiente le raspó las manos con las que rodeó su rostro. Hundió los dedos en su cabello y se dijo que tendría que conformarse con aquel apasionado beso que había prendido fuego a sus sentidos.

Se separó de él.

–No deberíamos hacerlo.

–No. Tienes razón.

Gabe volvió a agachar la cabeza, a besarla y saborearla. La estrechó contra sí y Chastity sintió la pasión que también lo consumía como un eco de la suya.

Gabe alzó la cabeza.

–Por lo menos, deja que te acompañe a tu cabaña.

Chastity asintió en silencio.

Ninguno de los dos se movió hasta que la mano de Chastity, como si tuviera voluntad propia se levantó y acarició el pecho de Gabe. Ignorando los últimos vestigios de sentido común, sus dedos le desabrocharon un botón de la camisa, luego otro, y otro. Entonces metió la mano por debajo de la tela y la posó sobre su cálida piel, donde sintió el latido de su corazón.

Alzó la mirada hacia los ojos de Gabe. En su mente se sucedían los «ojalá». Ojalá hubiera conocido a Gabe antes, ojalá encontrara alguna vez a alguien como él. Pero sólo había un Gabe y ella nunca podría tenerlo. Él no quería una mujer como ella. Sintió sus dedos acariciarle la clavícula. Quizá sí la quería, pero sólo para un rato, no permanentemente. No como ella lo quería.

Los labios de Gabe encontraron los suyos.

Gabe se merecía a alguien de su mismo círculo social, alguien que perteneciera a su entorno, y no a una impostora. Tenía que marcharse antes de perderse completamente. Gabe profundizó su beso. Y Chastity supo que era demasiado tarde para detenerse. Viviría el momento. ¿No era eso lo que le había dicho a Gabe?

Aceptaría aquella noche: la última noche de pasión con Gabe. Lo tomó de la mano.

–Vamos a tu cabaña. Está más cerca.

Él le tomó el rostro entre las manos y la miró como queriendo leer sus pensamientos, y Chastity rezó para que sus ojos dejaran ver el deseo, pero ocultaran el amor que sentía.

Chastity estaba soñando con tambores cuando algo la despertó. Tumbada sobre la espalda se desperezó junto a Gabe, deleitándose con el placer y el bienestar de su cuerpo cálido, de su proximidad, de su masculino aroma. No había un lugar mejor en el mundo en el que despertar. Abrió los ojos y vio a Gabe incorporado sobre un codo, observándola con una delicada sonrisa en los labios. La luz de la mañana se colaba por la ventana por detrás de ella, y envolvía a Gabe en un baño de oro.

Él le acarició el vientre.

–Si no fuera porque ya estás embarazada, podrías haberte quedado estos días –dijo, sonriendo con ternura.

Chastity sintió una presión en el pecho. ¿Habría

alguna manera de que las cosas funcionaran entre ellos? ¿Podría conseguir que Gabe la amara? ¿Era posible pensar en el futuro?

Sonaron un par de golpes en la puerta antes de que ésta se abriera de par en par. El cuerpo de Gabe bloqueaba el campo de visión de Chastity.

–Gabe –la voz aguda y educada atravesó el aire y Chastity se tensó. No necesitaba verla para reconocer a la madre de Gabe.

No se trataba de tambores, sino del helicóptero.

Chastity intentó esconderse bajo la sábana.

Gabe posó la mano sobre su cabeza y la miró fijamente con calma, como si le pidiera que se quedara, que todo iría bien. Permaneció en aquella actitud varios segundos hasta que finalmente le acarició la mejilla y se volvió lentamente, ocultándola tras su cuerpo.

–Tengo que pedir que pongan cerrojos en las puertas.

–Gabe, tu padre y yo estamos preocupados. Llevamos dos días sin poder dar contigo, y después de lo de Tom...

Chastity percibió la inquietud en la voz de Cynthia. Unos pasos le advirtieron de que se había acercado a la cama. Si daba uno más, la vería... Su preocupación le hizo sentirse culpable. No había pensado en la familia de Gabe al quitarle el teléfono. Había olvidado que la primera señal que habían tenido de que algo iba mal fue la imposibilidad de contactar con Tom.

–Y a Marco le va a dar un ataque –continuó Cynthia–. El acuerdo con Turner está a punto de fracasar. Ha tenido que convocar a la delegación de Tokio… –en el instante en que vio a Chastity su mirada pasó de la inquietud al espanto–. ¿Qué está haciendo aquí esa… zorra?

Chastity se encogió ante la acritud de sus palabras al tiempo que Gabe se sentaba.

–No vuelvas a llamarla eso *nunca*.

Por un instante Cynthia pareció vacilar ante la vehemencia de Gabe, peo se repuso inmediatamente.

–Yo digo lo que quiero.

–Estás muy equivocada.

–¿Quieres decir que no te has acostado con ella? Deja que adivine: el otro día no acabasteis la conversación y habéis tenido que concluirla en la cama.

Gabe se cruzó de brazos.

–No es asunto tuyo.

–Desde mi punto de vista, acostarse con uno de mis hijos apenas unos meses después de haber enterrado a otro tiene un nombre.

–No es lo que parece.

–¿Te refieres a que estéis los dos…?

–Cynthia –le cortó Gabe–. Ve al comedor. Enseguida me reúno contigo.

El rostro de Cynthia estaba crispado en una mueca de rabia; estaba lívida y respiraba con fuerza. Señaló a Chastity.

–Deja en paz a mi hijo. Ya me has robado a uno. No voy a dejar que atrapes a otro con tus avariciosas manos –dijo. Y, dando media vuelta, se fue.

Gabe se volvió hacia Chastity.

–Lo siento.

–No pasa nada.

—Claro que pasa –Gabe enroscó un dedo en su cabello–. Y lo siento muchísimo. No debería haber dicho eso. Cuando sepa lo que está pasando de verdad...

—No hace falta que te disculpes. No me importa lo que piense tu madre.

Gabe la miró fijamente.

—Me gustaría creer que eso es verdad.

Le acarició la mejilla con los nudillos.

—Pues créeme.

Chastity se levantó y empezó a vestirse. Cuando se ataba el sujetador, Gabe posó sus manos sobre sus hombros y le hizo volverse.

—No puedo creerte porque sé que no es verdad.

Chastity se quedó mirando la tersa piel de su pecho mientras intentaba encontrar las palabras adecuadas para convencerlo.

—Ven conmigo a hablar con ella.

Chastity se agachó para recoger los pantalones y ponérselos.

—Ni lo sueñes.

—¿Por qué no? ¿No dices que no te importa lo que piense?

—Porque tiene razón: yo era la esposa de Tom –Chastity se puso la camiseta y se cruzó de brazos.

Gabe se los descruzó con cuidado y la sujetó por las muñecas.

—Pero no era un matrimonio de verdad –al ver que Chastity negaba, continuó–: Te has acostado con dos hombres en toda tu vida. El primero abusó de su posición de poder; el segundo, del que estás embarazada, se ha aprovechado de ti en un momento de debilidad. Bueno, de varios.

Chastity sonrió.

–Eres muy caballeroso, pero los dos sabemos que si alguien ha abusado, he sido yo.

–Deja de culparte o pienso a aprovecharme de ti ahora mismo para demostrar que tengo razón.

Chastity fue a dar un paso atrás, pero Gabe la atrajo hacia sí. Chastity giró la cabeza para que el beso le diera en la mejilla, pero en el segundo intento Gabe capturó su boca con tanta ternura que ella se fundió en su abrazo, consciente de que quería quedarse así para siempre, amándolo.

Dio un paso atrás. ¿Amando a Gabe? No podía ser.

Gabe la miró desconcertado.

–¿Ves como tenía razón? He sido yo quien se ha aprovechado de tu debilidad. Ahora voy a ver a mi madre antes de que le dé un ataque al corazón. ¿Vienes?

Chastity sacudió la cabeza. No podía amar a Gabe. No podía permitírselo. Amarlo sólo podía causarle dolor.

–No me mires con esa cara de espanto. Puede ser una dramática, pero si te conociera...

Y si él supiera por qué lo miraba con aquella expresión... Chastity intentó concentrarse en la conversación que Gabe creía estar manteniendo.

–¿Qué haría? Seguiría pensando que sólo quiero atrapar a otro de sus hijos.

–Descubriría que eres una mujer fuerte y honesta, que se ha hecho a sí misma. Una mujer cariñosa con un gran corazón.

Si Gabe supiera que ese corazón le pertenecía saldría huyendo; o aún peor, se reiría de ella.

–Ve a verla. Te necesita.

–¿Y tú? ¿Me necesitas? Si quieres, me quedo contigo.

Chastity no pudo evitar que el corazón le diera un salto de alegría, aunque sabía que sólo hacía referencia al presente.

–No. Vete. Ahora eres su único hijo y está sufriendo.

–Espérame. Volveré enseguida.

Chastity le vio marchar y notó las lágrimas correrle por las mejillas. Se había acabado. Todo lo bueno llegaba a su fin, de acuerdo al dicho. Habían pasado unos días, con sus noches, perfectos. Pero Gabe recuperaría el juicio, tal y como debía hacer ella.

Gabe volvía al mundo al que pertenecía y en el que ella no tenía lugar. Tom había querido distanciarse de su familia, pero a sus padres sólo les quedaba Gabe, y ella no se interpondría entre ellos y su único hijo.

Lo observó caminar hacia el comedor y las palabras escaparon de su boca como si, aunque sólo fuera una vez, quisieran ser escuchadas:

–Te quiero.

Gabe se detuvo y miró hacia atrás en ese preciso instante, a pesar de que era imposible que las hubiera oído. Luego continuó andando.

Chastity apoyó la frente en el cristal. Había cometido el peor de los errores.

Gabe dejó un café delante de Cynthia.

–¿Cuál es el problema con Turner? ¿Qué hace Marco con la delegación de Tokio?

Su madre apretó los puños sobre la mesa.

–¿Crees que puedo hablar de eso después de que acabo de verte con esa mujer?

Tenía razón. Gabe también tenía cosas más importantes de qué hablar.

–Se llama Chastity y no pienso hablar contigo si lo olvidas.

–No me cuesta recordarlo. ¿Te acuerdas tú de que prácticamente secuestró a tu hermano? ¿Te acuerdas de que nos hizo perderlo?

Gabe la miró fijamente. Era una maestra en echar la culpa a los demás.

–Puede que lo perdiéramos nosotros. Puede que Chastity no fuera más que una excusa.

Su madre lo miró horrorizada.

–Te ha embrujado –haciendo que iba a llorar, rebuscó en su bolso por un pañuelo.

Pero Gabe sabía que no lloraría: no podía estropearse el maquillaje.

–No, pero me ha enseñado unas cuantas cosas sobre mí y sobre Tom, que debía haber sabido hace mucho tiempo.

Cynthia se secó los ojos cuidadosamente.

–¿Qué cosas?

Su madre no iba tomarse bien lo que tenía que decirle, y lo mejor sería esperar a que llegara su padre.

–¿Dónde está papá?

–Jugando al golf, como de costumbre –guardó el pañuelo en el bolso–. Pero explícame qué hace esa mujer aquí y cómo te ha atrapado.

Quizá en eso tenía razón: Chastity lo había atrapado, pero en un sentido muy diferente al que ella insinuaba. Y su deseo más profundo era haber conseguido atraparla a ella en la misma medida. Gabe reprimió la sonrisa que amenazó con aflorar a sus labios antes de que su madre pudiera verla. De haber estado Chastity con él, podrían haber anunciado a Cynthia la noticia del bebé; pero como no estaba, tendría que esperar a tener su permiso para contarlo.

–Comprendo que te atraiga porque es una mujer muy hermosa, pero en el mundo hay muchas como ella.

–*Como ella*, ninguna.

Cynthia lo miró boquiabierta y con un brillo de odio en los ojos que espantó a Gabe.

–No es más que una cazafortunas. Tú mismo lo has dicho en otras ocasiones, o es que lo has olvidado. Acaso es tan buena en la…

Gabe alzó la mano para callarla. Chastity no tenía ningún interés en el dinero. Le encantaba caminar por la playa y lucir joyas hechas con nácar; le importaba el bienestar de los demás: protegía a aquéllos a quien amaba, estaba dispuesta a cargar con la culpa que no le correspondía, como la de haber seducido a Tom, y representaba todo lo que él deseaba en una mujer. De hecho, ni siquiera estaba seguro de merecerla.

Recordó las horas que habían pasado haciendo el amor. Chastity era afectuosa, amable, apasionada y vulnerable. Y recordó también la tarde en la playa, hacía dos años, en la que le había tocado el corazón mientras charlaban y el sol se ponía sobre el río. Pensó en los paseos por la orilla del mar, en su entusiasmo ante los detalles más nimios, en su mirada de felicidad al contemplar los delfines. Y Gabe se dio cuenta de que había sido la noche anterior, cuando estaban en la cubierta del barco contemplando las acrobacias de los delfines, que lo emocional y lo físico se habían unido en un todo, dando lugar a algo mucho más trascendente. En aquel instante, las circunstancias habían cambiado radicalmente.

Amaba a Chastity. La amaba con todo su ser; quería compartir su vida con ella, era la mujer con la que quería pasear por la playa levantando en volandas a su hija. Era ella con quien quería compartir aquella experiencia y con nadie más.

–Quizá no sepas que la investigamos –dijo Cynthia al ver que no recibía respuesta.

–¿Qué quieres decir? –preguntó él, mientras seguía asimilando el descubrimiento que acababa de hacer.

Amaba a Chastity. Quería que se convirtiera en Chastity Masters, que tomara su apellido y se convirtiera en la esposa que no había sido para Tom.

–Cuando se mudó a vivir con Tom, tu padre y yo hicimos que investigaran su vida.

Gabe se puso en pie.

–¿Cómo fuisteis capaces de hacer algo así?

–Es completamente inadecuada –evidentemente, Cynthia no captó el grado de indignación que la noticia causó a Gabe–. Intentamos explicárselo a Tom, pero no quiso escucharnos. Su familia, si es que se le puede llamar así, es basura. Su madre, una alcohólica que murió de cirrosis, era considerada una zorra;

y sus dos hermanastras, de dos padres diferentes, son del mismo estilo.

Gabe dio media vuelta.

–¿Dónde vas? –preguntó Cynthia con voz aguda.

–Junto a Chastity.

–No se te ocurra dejarme para ir a estar con ella.

Gabe salió del comedor en el momento en que Marco y el grupo que lo acompañaba bajaban del barco del correo que estaba amarrado en el muelle y se acercaban hacia él. Gabe sintió que el corazón se le encogía y apenas le dio tiempo a mirar hacia las cabañas, donde no vio a nadie, antes de que el grupo se detuviera ante él.

–No conseguía dar contigo y estaban empeñados en conocerte personalmente –explicó Marco a modo de excusa–. Para ellos, *tú* eres Masters' Developments.

Gabe aceptó la explicación con un movimiento de la cabeza. Conocía muy bien la importancia de las relaciones personales y de la percepción del estatus en el mundo oriental.

–Y además –continuó Marco–, querían ver este proyecto antes de alcanzar ningún acuerdo.

El trato con Turner consistía en crear una sociedad con los hombres que tenía ante sí para el mayor proyecto emprendido por su compañía hasta entonces: la creación de tres hoteles de lujo en las islas del Pacífico.

Y empezaron las formalidades. Primero los saludos a los ya conocidos, luego la presentación de los nuevos delegados, el intercambio de tarjetas de visita. Gabe hizo un esfuerzo sobrehumano para concentrarse.

–Tendremos que organizar alguna actividad para más tarde –sugirió Marco cuando, un poco más tarde, recorrían el recinto para mostrarlo a sus posibles socios–. También han ido a ver a Jacobs, que está intentando convencerlos para participar en un negocio suyo.

–Llamaré a Julia para que organice una expedición de pesca –Gabe alzó la cabeza y vio a su madre acercándose al restaurante desde la dirección de la cabaña de Chastity. Su mirada se fijó entonces en una figura solitaria que se encaminaba hacia el muelle cargando con una pesada maleta.

Capítulo Once

Gabe se volvió hacia Marco:
—Te dejo al mando. Tengo que marcharme.
Marco siguió su mirada.
—¿De verdad estás pensando en dejar esto por ella?
—Así es.
—¿Te has vuelto loco? El acuerdo está en la cuerda floja. Si te vas ahora, dudo que pueda salvarlo, ya sabes lo sensibles que pueden ser. Y en este momento no hay nada más importante para nosotros que este negocio.

Gabe oyó el motor del barco ponerse en marcha.
—Puede que esté loco, pero hay algo, o mejor dicho *alguien*, mucho más importante, y que no pienso perder por unos cuantos millones. Ocúpate tú. Sabes hacerlo muy bien —se volvió hacia los delegados—. Lo siento caballeros. Acepten mis más sinceras disculpas.

Y corrió.

Subió al barco dando un salto con el que apenas sorteó la distancia que lo separaba ya del muelle. Ya en la cubierta, lo primero que hizo fue sacar el teléfono y llamar a su ayudante.

—Julia, olvida todo lo que tengas planeado para hoy; necesito que organices una cosa. Utiliza el personal y los medios que haga falta –habló con ella unos minutos más.

Al concluir, fue hacia la proa y se situó al lado de una mujer que miraba al mar, con el cabello flotando en el viento. Sus hombros se rozaron y ella se sobresaltó.

–El helicóptero es más rápido –dijo él–. El barco para en todas las islas antes de llegar a tierra. Tardará unas cuantas horas.

–El barco salía antes –Chastity asió la barandilla con fuerza.

–Aah.

–¿No deberías estar en la isla?

Chastity todavía no lo había mirado y Gabe aprovechó para estudiar su pálido y perfecto perfil.

–Puede que sea ahí donde *debería* estar, pero estoy donde verdaderamente *quiero* estar.

Chastity lo miró de soslayo y Gabe vio que tenía los ojos rojos.

–¿Acierto si digo que has tenido la fortuna de charlar con mi madre?

–No sé si «fortuna» es la palabra más adecuada.

–Supongo que no, y ¿puedo saber qué te ha dicho?

Chastity guardó silencio.

–Deja que adivine. Ha dicho unas cuantas barbaridades, hasta que al darse cuenta de que sentías algo… –Gabe notó que Chastity se tensaba– por mí, ha cambiado de táctica, diciéndote que nuestra relación pondría en riesgo mi posición en el mundo de los negocios. Supongo que añadiría que me harías perder a mi familia y que si me amabas de verdad, debías dejarme.

–Has acertado palabra por palabra.

—¿Y es verdad que... me amas?

—No —Chastity continuó mirando fijamente el mar, pero Gabe percibió la emoción en su voz y se sintió esperanzado.

—Mientes espantosamente.

Chastity apretó los labios.

—Yo creo que me amas.

—Eso no significa nada.

—Para mí significa *todo* —una ola sacudió el barco y Gabe, pasando el brazo por los hombros de Chastity, la atrajo hacia sí—. Volviendo a mi madre...

—Ha sufrido mucho.

—No es la única.

—Le prometí que te dejaría. Tampoco puede decirse que tuviéramos una relación.

—No.

Chastity sonrió con tristeza.

—Puede ser muy amable cuando consigue lo que quiere.

—Y yo puedo ser muy testarudo hasta que me salgo con la mía.

Chastity lo miró con el ceño fruncido. Gabe le retiró un mechón de cabello tras la oreja y dejó la mano sobre su mejilla. Por un segundo, Chastity se apoyó en ella.

—¿Te he dicho que yo también te amo?

Los ojos of Chastity se llenaron de lágrimas.

—No hagas eso, Gabe —dijo, haciendo ademán de separarse.

Gabe alzó la otra mano para tomar su rostro.

—¿Que no haga qué, decirte que te amo?

Chastity cerró los ojos.

–Exactamente.

–Pero es la verdad –dijo él con dulzura–. No tienes nada que ver con la persona que creía que eras. Tuve que engañarme porque, de haberte conocido de verdad, te habría deseado para mí.

–Ése es el problema: que no sabes cómo soy.

–Te equivocas.

–No sabes nada de mi familia, de mi madre, de mis hermanas.

–Me da lo mismo.

–Sólo porque no sabes nada.

–No, porque no me importa. *Tú* eres lo único que me importa.

–Pero tu madre piensa de otra manera. Ella sí sabe de mi familia. Tus padres ya han perdido un hijo, y no pienso ser responsable de que pierdan otro. Ya han sufrido bastante.

–¿Y qué pasa contigo y conmigo? ¿Y mi dolor? ¿Tengo que perder primero a Tom y ahora a ti?

–A su debido tiempo encontrarás una mujer que te convenga.

–¿Qué me convenga a mí o a mi madre?

–Tengo entendido que buscas una profesora de guardería.

Gabe rió.

–Había olvidado que dije eso.

–Yo no.

–¿Te has planteado alguna vez dedicarte a la educación?

Una melancólica sonrisa hizo temblar los labios de Chastity. Gabe adoraba esa sonrisa, y sin soltarle el rostro, se inclinó para besarla.

–¿Tienes idea de cuánto te necesito?

–Creo que sí.

–¿Por qué lo sabes? –al no recibir respuesta, Gabe contestó por ella–. ¿Porque también tú me necesitas? –cuando Chastity asintió, su corazón dio un salto de alegría–. No hay obstáculo que los dos juntos no podamos sortear. ¿Le has contado a mi madre lo del bebé?

–No. Creo que es mejor que se lo digas tú. A solas.

–Cobarde.

–Más cobarde eres tú.

–Yo preferiría decírselo juntos, pero dado lo que ha pasado hoy y lo que todavía va a pasar, puede que sea mejor que se lo diga ahora mismo –Gabe sacó el teléfono y marcó un número–. Papá, ¿en cuánto tiempo puedes llegar a la isla? –acalló las protestas de su padre–. Sí, es muy importante, mucho más que tu juego. Estoy a punto de decirle a mamá que Chastity y yo vamos a tener un hijo –sonrió–. Llama a Julia para que te envíe el helicóptero –frunció el ceño ante el siguiente comentario de su padre–. Tranquilo, ya lo he pensado. Lo verás cuando llegues. Pero hazme un favor: espera cinco minutos y luego llama a mamá –guardó el teléfono en el bolsillo.

–¿Por qué le has pedido que vaya a la isla?

–Para que esté con mamá.

–Pero…

–Confía en mí.

Chastity asintió con la cabeza.

–¿Qué ha dicho cuando le has contado lo del bebé?

–Que debería casarme contigo.

–No.

–Sí. Ya lo suponía. Es muy anticuado. Además, no quería perder el tiempo discutiendo. Está en el hoyo diecisiete y quiere terminar el juego –tomó las manos de Chastity en las suyas. No podía dejar de tocarla–. Vas a encantarle a papá. Y él a ti también –vio la duda reflejada en los ojos de Chastity–. Los dos tocáis el piano y sentís debilidad por Beethoven.

–Eso no significa nada.

–Pero es un buen comienzo. Además, papá es fácil de conformar. Sonríele, dile que estás embazada de su nieta y lo habrás conquistado.

Tras una pausa, volvió a sacar el teléfono y guiñando un ojo a Chastity, dijo:

–Y ahora lo difícil –marcó el número.

–Cynthia –Chastity pudo oír la voz de la madre de Gabe mientras le soltaba una parrafada–. Mamá –le cortó Gabe–. Chastity y yo estamos esperando un bebé –se oyó un grito, y no de alegría, al otro lado del teléfono, seguido de otra retahíla en la que Chastity creyó entender «quieres matarme», y «destrozar nuestra familia».

Chastity se alejó y recorrió lentamente la cubierta hasta llegar a la popa, donde se quedó contemplando la estela de espuma que dejaba el barco a su paso.

Cuando volvió, encontró a Gabe charlando amigablemente con otros pasajeros, que asentían divertidos. Al verla, Gabe fue hacia ella, se apoyó en la barandilla y la observó con aparente calma.

–No parece que la conversación haya ido muy bien –dijo ella.

–Se tiene que hacer a la idea. Confía en mí. Aunque sea una esnob y una dramática, en el fondo tiene corazón. Y tener una nieta la ablandará. Siempre se ha quejado de estar rodeada de hombres –miró a Chastity con expresión solemne–. Todo va a salir bien.

–Estoy segura de que tienes razón porque si no, será tu problema, no el mío.

Gabe le había dicho que la amaba, pero saberlo le producía un sentimiento agridulce porque estaba convencida de que su amor no sería suficiente para superar los obstáculos que tenían por delante.

En la distancia vieron un helicóptero volar en dirección a la isla Sanctuary.

Gabe le tomó la mano y la llevó a sentarse en las hamacas de plástico que ocupaban la cubierta.

–Disfrutemos del viaje.

Dos gaviotas se posaron sobre la barandilla en la proa.

¿Cómo iba disfrutar del viaje si tenía el corazón destrozado? Permanecer junto a él era una tortura. Ansiaba poder prologar aquellos instantes hasta el infinito y postergar el momento de la separación, pero al mismo tiempo necesitaba acabar con aquel dolor y seguir adelante con su vida.

Cuando el barco abandonó el último muelle, apenas quedaban algunos pasajeros en él. Gabe se separó de Chastity y fue al puente a hablar con el capitán antes de intercambiar algunas palabras con los pasajeros. Chastity sacudió la cabeza. Parecía estar haciendo una cuestación, y por cómo le sonreían, estaba consiguiendo lo que quería. Chastity apartó la mirada diciéndose que no era asunto suyo.

Gabe volvió a su lado.

–Te pondré en el certificado de nacimiento –tenía que tranquilizarlo en ese punto antes de marcar distancias. Se iría a algún lugar sin teléfonos, sin internet, un lugar como la isla Sanctuary. Estuvo a punto de reír–. Sé que eso es lo que más te importa.

Gabe entrelazó las manos.

–Puede que al principio sí, pero ahora no. Ahora quiero mucho más.

–Yo sólo quería convencerte de que no era una mala persona y de que sería una buena madre.

–Sé que lo serás, aunque eso no signifique que ocasionalmente discutamos sobre cómo educar a nuestros hijos, pero buscaremos una solución.

–¿Nuestros hijos?

–Yo querría cuatro, pero si tú sólo quieres uno, me conformaré.

–Gabe, ¿te has vuelto loco?

–Loco por ti, desde luego. Me has hecho perder la cabeza.

Chastity se separó de él.

–Voy a bajarme de este barco y lo mejor será que no nos veamos por un tiempo.

Gabe dio un paso para cerrar la distancia y Chastity no tuvo suficiente fuerza de voluntad como para separarse de nuevo.

–¿Qué tipo de matrimonio tendríamos si no nos vemos todo el tiempo? No tendría nada que ver con el que yo quiero.

Una de sus palabras dejó a Chastity desconcertada.

−¿Matrimonio? ¿Has perdido la razón? No podemos casarnos.

−Eso complicaría un tanto las cosas.

−Señoras y caballeros −se oyó una voz por los altavoces−, les habla el capitán. Vamos a hacer una parada fuera de programa en la isla Santuario antes de continuar hacia el continente. Aquéllos que vayan a continuar viaje, sufrirán un retraso de quince minutos.

−¿Qué está pasando?

Una sonrisa iluminó el rostro de Gabe. Cuando viraban para rodear la isla, el helicóptero se situó sobre el barco. Sonó el teléfono de Gabe.

−¿Todo listo? −preguntó él. Al recibir lo que debió ser una respuesta satisfactoria, apagó.

Arrodillándose ante Chastity, le tomó una mano al tiempo que sacaba algo de su bolsillo que ocultó en el puño.

Chastity intentó liberar su mano.

−Levántate.

−No pienso levantarme hasta que me contestes.

−La respuesta es «no».

−¿Por qué no?

−Ya te he contestado. Ahora, levántate.

−No me has dicho por qué.

−No puedo.

−¿No puedes o no quieres?

−Es lo mismo

Gabe se puso en pie.

−En absoluto. ¿Me amas? Quiero saber la verdad.

−Sí, te amo −la sonrisa resplandeciente que Gabe

le dirigió sólo contribuyó a aumentar el dolor de Chastity–. Pero eso no basta.

–Claro que basta. Quiero pasar el resto de mi vida contigo.

–No encajo en tu mundo.

–Encajas a la perfección porque mi mundo eres tú.

Chastity se quedó sin aire. Le daba miedo la desesperación con la que deseaba lo que Gabe le ofrecía.

–Gabe, no podemos.

–¿Llevarás mi anillo mientras te lo piensas?

Antes de que Chastity se diera cuenta de lo que hacía, Gabe deslizó en su dedo una de las caracolas que habían recogido para Sophie. Luego, silenció sus protestas con un beso.

–¿Cuando dices que «no podemos» te refieres a mi madre?

–Puede que sí.

–¿Y si conseguimos su bendición? ¿Y si conseguimos que dé su consentimiento aunque sea a regañadientes? ¿Serviría de algo? ¿Te lo pensarías?

–Sí –Gabe no sabía que eso no sucedería. No había estado en la habitación con ella y con Cynthia. No había visto la mirada de terror de su madre ante el temor de perder a su único hijo vivo, ni la determinación de impedirlo a toda costa–, me lo pensaría.

Gabe sonrió triunfal.

–Te acusará de haberme arrastrado al matrimonio, pero si no me aceptas por no tener su consentimiento, la culpa será de ella. Así que no tiene más remedio que acceder. Así podrá culparte de hacerme un desgraciado, de ser una mala madre y un mal ejemplo para nuestros hijos. Aunque lo que preferiría sería dar su consentimiento y que tú me rechazaras. Como ves, todo depende de a quién quieras hacer feliz: a Cynthia o a mí. Y a ti. Porque tú y yo seremos muy felices juntos.

–¿Y tu padre?
–Él sólo quiere una vida tranquila –Gabe la besó–. Por cierto, tengo un anillo de compromiso de verdad, que ha pertenecido a la familia desde hace varias generaciones. Julia va a traerlo.

–No hace falta.
–Yo creo que sí. Otra cosa, ¿cuánto quieres que esperemos una vez mi madre dé su consentimiento?

–No lo sé –Chastity quería cobijarse en su brazos, que era el único lugar en el que creía que todo era posible.

–Entonces hoy sólo celebraremos una fiesta de compromiso.

Cuando Chastity lo miró desconcertada, él le hizo girarse. En la playa se había instalado una gran carpa con penachos que se mecían por la brisa. Un grupo de gente con copas de champán esperaba cerca del muelle.

Chastity miró alternativamente al grupo, en el que creyó reconocer a algunas personas, y a Gabe.

–¿Has…?
Él se encogió de hombros.
–Siempre supe que cuando encontrara a la mujer ideal, querría casarme al instante, pero no quiero presionarte.

–¿Llamas a esto «no presionarme»?

–Chastity, sabes que organizamos ceremonias todo el tiempo, así que no ha sido ningún problema. Esta gente va a pasarlo bien tanto si celebramos una boda como si sólo es una fiesta.

–¿Los has traído en helicóptero?

–A algunos. Otros han venido en un barco privado.

–¿Han venido todos por ti?

–Y por ti.

–¿Cómo es posible?

–La ventaja de que Cynthia te investigara es que el detective le ha podido dar a Julia una lista de tus amigos.

En la orilla, una niña hizo una pirueta antes de agacharse a recoger una caracola.

–¿Ésa es Sophie?

–Sí –Gabe sonrió–. Pensé que sería la perfecta portadora del ramo de flores.

Amarraron y los pasajeros bajaron, felicitándolos al pasar.

–Les he invitado y han aceptado –explicó Gabe.

Cuando bajó el último, Cynthia subió a bordo con paso vacilante sobre sus altos tacones.

–No quiero interrumpir –dijo–, pero quiero hablar con Chastity a solas.

–¿Estás de acuerdo? –preguntó Gabe.

–Sí –dijo Chastity, sintiendo que el corazón se le aceleraba.

La conversación en la cabaña no había sido amigable, pero había contribuido a que viera a Cynthia como alguien vulnerable y en estado de duelo. Lo quisiera o no, aunque sólo fuera porque era la abuela de su hija, tendría que relacionarse con ella.

Gabe asintió.

–Llama si me necesitas. O si quieres que te rescate –miró a su madre fijamente–. Recuerda que es la mujer a la que amo –concluyó, antes de irse al otro extremo del barco.

Cynthia la miró a los ojos.

–Al contrario que Tom, Gabe nunca se reveló; siempre hizo lo que debía o al menos lo que le decíamos que hiciera. Pero cuando algo se le metía en la cabeza, nada podía convencerle de lo contrario. Parece que eso es lo que le pasa ahora con la idea de casarse contigo.

–No me casaré con él sin tu consentimiento.

–Eso me ha dicho. También me ha aclarado algunas otras cosas que me hacen pensar que te he juzgado mal. Así que si decides casarte con él, quiero que tengas esto –desabrochó un brazalete que llevaba puesto–. Perteneció a mi abuela antes que a mí. Algún día, si quieres, puedes dárselo a tu hija, mi nieta.

–No sé qué decir. Gracias

Cynthia sonrió.

Chastity hizo algo que jamás habría imaginado hacer: abrazó a Cynthia.

–Nunca haría algo así –dijo.

Cynthia le dio un fuerte pero breve apretón.

–Si lo hicieras, no te daría mi consentimiento.

–¿Eso quiere decir que nos lo das? –Chastity se separó de ella para mirarla a la cara.

–Sí –Cynthia alzó la barbilla y sonrió–. Y ahora, eres tú quien ha de decidir.

Gabe posó la mano sobre el hombro de Chastity mientras Cynthia se alejaba.

—Y ahora eres tú quien ha de decidir –le dijo con su profunda voz al oído–. ¿Te quieres casar conmigo?

Chastity le rodeó la cintura con el brazo y alzó la barbilla para mirar a los ojos al hombre que amaba.

—Sí.
—Quiero que lleves mi apellido.
—Y yo estaré orgullosa de llevarlo.

Deseo

La mujer adecuada

JENNIFER LEWIS

Salim al-Mansur, magnate de los negocios y príncipe del desierto, debía casarse y proporcionarle un heredero a su familia. Pero la única mujer a la que deseaba no podía ser para él.

Su intención había sido mantener una relación estrictamente profesional con Celia Davidson, aunque era imposible estar junto a ella sin sucumbir al deseo. Ya la había rechazado en una ocasión, alegando que no era la novia apropiada. La tradición le impedía contraer matrimonio con una mujer americana, moderna e independiente, y mucho menos tener descendencia con ella... a no ser que Celia ya le hubiera dado un heredero.

Era un hombre poderoso, pero ella dominaba su corazón

¡YA EN TU PUNTO DE VENTA!

Acepte 2 de nuestras mejores novelas de amor GRATIS

¡Y reciba un regalo sorpresa!

Oferta especial de tiempo limitado

Rellene el cupón y envíelo a
Harlequin Reader Service®
3010 Walden Ave.
P.O. Box 1867
Buffalo, N.Y. 14240-1867

¡Sí! Por favor, envíenme 2 novelas de amor de Harlequin (1 Bianca® y 1 Deseo®) gratis, más el regalo sorpresa. Luego remítanme 4 novelas nuevas todos los meses, las cuales recibiré mucho antes de que aparezcan en librerías, y factúrenme al bajo precio de $3,24 cada una, más $0,25 por envío e impuesto de ventas, si corresponde*. Este es el precio total, y es un ahorro de casi el 20% sobre el precio de portada. !Una oferta excelente! Entiendo que el hecho de aceptar estos libros y el regalo no me obliga en forma alguna a la compra de libros adicionales. Y también que puedo devolver cualquier envío y cancelar en cualquier momento. Aún si decido no comprar ningún otro libro de Harlequin, los 2 libros gratis y el regalo sorpresa son míos para siempre.

416 LBN DU7N

Nombre y apellido _____ (Por favor, letra de molde)

Dirección _____ Apartamento No.

Ciudad _____ Estado _____ Zona postal

Esta oferta se limita a un pedido por hogar y no está disponible para los subscriptores actuales de Deseo® y Bianca®.
*Los términos y precios quedan sujetos a cambios sin aviso previo.
Impuestos de ventas aplican en N.Y.

SPN-03 ©2003 Harlequin Enterprises Limited

Bianca

Adjudicada… una noche con la princesa

Trece años atrás, Yannis Markides echó de su cama a una joven princesa. Todavía ahora a Marietta se le sonrojaban las mejillas al recordar su juvenil intento de seducción. Rechazar a una Marietta ligera de ropa fue el último acto de caballerosidad del melancólico griego. El escándalo que siguió destruyó su vida y destrozó a su familia. Ahora ha reconstruido su imperio, ha recuperado el buen nombre de los Markides… ¡y está listo para hacerle pagar a la princesa!

Marietta está en deuda con él. Y su virginidad es el precio que debe pagar…

El griego implacable

Trish Morey

¡YA EN TU PUNTO DE VENTA!

Deseo

Asuntos pendientes

MAUREEN CHILD

El vicedirector de Hudson Pictures podía tener a cualquier mujer, pero él quería a una mujer sin exigencias ni compromisos y Valerie Shelton parecía ser la apropiada.

Sin embargo, su recatada y sumisa esposa decidió incumplir el acuerdo matrimonial y Devlin se propuso recuperarla a toda costa.

Ganar la partida no iba a ser fácil, pero él aún guardaba su mejor carta y estaba dispuesto a usarla… en la cama.

Pero lo que Devlin no sabía era que la joven y tímida Valerie tenía un lado apasionado, algo inesperado e irresistible que iba a poner su mundo patas arriba.

Nadie se atrevía a rechazar a Devlin Hudson

¡YA EN TU PUNTO DE VENTA!